Chère lectrice,

Cette année, c'est sû[r] ... [résol]u-
tions prises aux douze coups de minuit.

Certaines d'entre nous — les plus courageuses ! — jurent
de (re)trouver le chemin de la salle de gym ; d'autres — et j'en
fais partie — se sont promis de réserver dans leur agenda de
janvier une soirée pour un dîner en amoureux… A renouveler
le plus souvent possible, bien sûr !

Ce mois-ci, nos héroïnes, elles aussi, ont fait des serments.

Mallory, par exemple, a décidé de séduire Carter qu'elle
aime en secret, sans se douter que, lui aussi, ne rêve que de la
serrer entre ses bras ! De jolis quiproquos en perspective et *Une
tentation irrésistible* (Passion n° 1321)…

Sarah aussi veut pimenter sa vie… et elle n'y va pas par
quatre chemins ! En effet, quoi de plus culotté que d'arriver
déguisée en Petit Chaperon Rouge dans un bal — où elle n'a
pas été invitée… Sans se douter qu'elle va y rencontrer le Grand
Méchant Loup. Avec *L'invitation de minuit* (Passion n° 1322),
son cœur résistera-t-il au charme de ce séduisant célibataire,
si différent d'elle ?

Tina encore (*La liaison secrète*, Passion n° 1324), l'héroïne
du premier volume de « La dynastie des Danforth », a la ferme
intention d'ouvrir son propre salon de thé. Mais son projet
se retrouve mis en question quand elle découvre que Reid
Danforth, l'héritier le plus en vue de Savannah, lui a soufflé le
local qu'elle convoitait !

A mon tour de vous souhaiter une belle année remplie de
lectures passionnantes et passionnées !

La Responsable de collection

Une tentation irrésistible

BARBARA DALY

Une tentation irrésistible

Collection *Passion*

*éditions*Harlequin

Cet ouvrage a été publié en langue anglaise
sous le titre :
MISTLETOE OVER MANHATTAN

Traduction française de
MARIEKE MERAND-SURTEL

HARLEQUIN®

est une marque déposée du Groupe Harlequin
et Passion® est une marque déposée d'Harlequin S.A.

Toute représentation ou reproduction, par quelque procédé que ce soit, constituerait
une contrefaçon sanctionnée par les articles 425 et suivants du Code pénal.
© 2003 Barbara Daly. © 2005, Traduction française : Harlequin S.A.
83-85, boulevard Vincent-Auriol, 75013 PARIS — Tél. : 01 42 16 63 63
Service Lectrices — Tél. : 01 45 82 47 47
ISBN 2-280-08351-5 — ISSN 0993-443X

1.

Enfin de retour !

Mallory Trent sortit de l'ascenseur au 53ᵉ étage du Hamilton Building, situé dans le quartier de Chicago Loop, et considéra affectueusement la plaque professionnelle fixée près de l'imposante porte en noyer. On y lisait « Sensuous Inc ». et en dessous, « Service juridique », mais après l'horrible épreuve qu'elle venait de fuir, il lui semblait plutôt lire « Bienvenue Mallory ! ».

L'épreuve en question s'était déroulée aux Caraïbes : un congé de cinq jours sur l'île de Saint-John. Certains auraient sans doute pris cela pour des vacances.

Certains seraient même restés toute la semaine, comme prévu. Apparemment, il y avait des gens pour apprécier les coups de soleil, les scorpions et le sable qui gratte entre les doigts de pied. Eh bien, elle n'était pas de ceux-là. Elle était plus heureuse au bureau. Les vents glacés pouvaient bien souffler sur la région, elle s'en fichait : elle avait un Palm Pilot pour lui tenir chaud, elle pouvait cueillir des mangues et des ananas au rayon fruits exotiques de son supermarché, et surtout, elle travaillait pour Sensuous, la société de cosmétiques qui occupait les cinq derniers étages de l'immeuble. Son paradis sur terre.

— Salut, Cassie ! lança Mallory à sa collègue, la première qu'elle croisa dans le hall.

Cassie, une jolie brune à la peau satinée et à la langue aussi affûtée qu'un rasoir, la fixa, ses yeux noirs agrandis de stupeur.

— Tu es enfin rentrée, dit-elle à voix basse. Bill est au bord de la crise cardiaque.

— Mais je n'étais pas censée revenir avant le…, commença Mallory.

— Chut, coupa Cassie en s'éloignant à la hâte. Il faut que je sache s'*il* est dans les bureaux.

— Qui donc ? Bill ? Je suppose que…

Mais elle parlait déjà à un courant d'air. Puis arriva Ned Caldwell, un autre conseiller junior du service juridique. Ned, un type à lunettes était l'opposé absolu de Cassie : il parlait lentement et réfléchissait profondément. Il se dirigea vers Mallory avec une tête d'enterrement.

— Si c'est grave, tu me diras comment je peux t'aider, murmura-t-il.

— M'aider ? Mais en quoi ?

Mais il était déjà parti, détalant à une rapidité inhabituelle chez lui, comme si Mallory risquait de lui transmettre un virus foudroyant. « Ce qui après tout n'était pas totalement exclu », songea-t-elle : les escadrons de moustiques à longues pattes qui se déplaçaient en formation à Saint-John pouvaient très bien être porteurs d'une horreur ! Soudain Mallory éprouva l'urgence de rentrer chez elle, d'avaler deux aspirines et de ne revenir que le lendemain matin. Mais elle surmonta sa panique. Et fonça vers son bureau. Sur place, elle jeta un regard circonspect à Hilda, la secrétaire qu'elle partageait avec Cassie et Ned.

— Bonjour, Hilda, dit-elle d'une voix ferme.

— Vous êtes là, enfin ! répondit Hilda dans un murmure étouffé, une main crispée sur sa poitrine généreuse. Bill Decker veut vous voir immédiatement.

— Comment sait-il déjà que je suis rentrée ? demanda Mallory en murmurant à son tour. Et pourquoi est-ce que tout le monde chuchote ?

Hilda éleva sa voix jusqu'à un léger bourdonnement.

— Il ne le sait pas. Vendredi, il a téléphoné toutes les demi-heures pour me demander si je vous avais enfin localisée, et toutes les demi-heures je lui ai rappelé que vous étiez en vacances, et… et… j'ai menti !

Elle leva les yeux au ciel avant de poursuivre :

— Je lui ai dit que vous aviez refusé de me dire où je pourrais vous joindre !

« Pas étonnant que Bill soit hystérique ! » pensa Mallory.

— Hilda ! Il sait que jamais, au grand jamais, je ne ferais une chose pareille !

— Je voulais juste que, pour une fois dans votre vie, vous ayez de vraies vacances…

Le téléphone grésilla.

— Oh, zut et zut ! Je suis sûre que c'est encore lui.

Hilda ne jurait jamais. Qu'est-ce qui rendait donc tout le monde si nerveux ?

— Oui, monsieur Decker, répondait Hilda. Elle, euh, elle…

Hilda interrogea Mallory du regard. Celle-ci acquiesça de la tête.

— Dites-lui que je viens juste d'arriver. Avec deux jours d'avance, ne put-elle s'empêcher d'ajouter.

Quelque chose clochait. Or Mallory était incapable de faire face à la vie lorsque la machine ne tournait pas rond.

— Elle arrive tout de suite, assura Hilda.

Puis, lorsqu'elle eut raccroché, elle leva les yeux vers Mallory.

— Je veux que vous sachiez que, quoi qu'il arrive, je suis de votre côté, chuchota-t-elle.

Mallory serra les lèvres, redressa les épaules, attrapa son Palm Pilot et tira sur les pans de la veste de son sage tailleur noir. Elle fit un pas en avant, puis s'arrêta et examina l'une après l'autre ses chaussures, noires également, pour s'assurer qu'elles étaient impeccables.

En cela, elle suivait un des préceptes de sa mère. En effet, celle-ci, dans un de ses premiers livres ne soulignait-elle pas :

Le succès de votre carrière dépend de la parfaite tenue de votre garde-robe professionnelle : vos tailleurs doivent être impeccables, vos chemisiers repassés, vos souliers cirés et rangés le soir dans des pochettes de flanelle.

Ses copines hurlaient de rire devant les best-sellers pratiques d'Ellen Trent qui enseignaient aux femmes au foyer comment atteindre la perfection domestique et aux femmes d'affaires les moyens de montrer leur maximum d'efficacité.

Mallory, elle, en suivait les principes à la lettre. Devant une cour de justice, elle aurait pu prêter serment sur la pile de livres écrits par sa mère autant que sur la Bible !

En cet instant, Ellen serait fière de la voir traverser à grands pas l'entrée qui menait au bureau de Bill Decker, le big boss du service juridique, avec la démarche assurée d'une aristocrate. Pourtant, l'aristocrate marchait peut-être vers la guillotine… « Mais si sa tête devait rouler dans le panier, songea Mallory, ce serait les cheveux propres, éclatants de santé et bien coupés. » Elle mourrait dignement, son Palm Pilot à la main, les ongles parfaitement manucurés.

Qu'avait-elle fait de mal ? A voir le comportement de ses collègues, sans aucun doute une terrible, une désastreuse erreur. Mais quoi ? Elle n'en avait pas la moindre idée. Peut-être était-on sur le point de la mettre à la porte ?

Un instant, cette pensée l'arrêta net. Dans tous les cauchemars qu'elle avait déjà eus — être surmenée, sous-payée, surestimée, exploitée, méconnue — « être virée » se trouvait tout en bas de la liste.

Comment gérer une telle situation ? On pouvait parcourir les livres de sa mère jusqu'à la fin des temps sans jamais trouver le moindre conseil pour « s'adapter efficacement à un licenciement » ! C'était impensable pour un membre de la famille Trent, impensable pour une disciple d'Ellen, et absolument exclu pour qui appartenait aux deux catégories !

— Ah ! Vous voilà enfin ! s'exclama Bill Decker.

Il aurait dû être ravi de la voir, mais fronçait les sourcils, visiblement contrarié.

— Je suis rentrée avec deux jours d'avance, souligna Mallory.

Elle était bien décidée à lui faire rentrer ça dans le crâne. Bill n'avait aucune raison de l'attendre avant mercredi ; or, on était lundi, un lundi qu'elle aurait pu passer comme prévu allongée sur un transat si elle n'avait découvert combien cette occupation était démentiellement ennuyeuse, improductive, *inefficace*. Pour avancer la date de son retour, elle avait même accepté de payer cent dollars de plus à la compagnie aérienne. C'est dire !

Mais Bill Decker coupa court à ces précisions d'un geste impatient.

— Sensuous a de sérieux problèmes. Le dossier « Petit pois » est trop lourd pour que nous le traitions en interne. Nous avons donc fait appel à un conseil extérieur. Il s'agit du cabinet Rendell & Renfro, et d'un jeune avocat nommé…

Il s'interrompit pour attraper le téléphone et aboyer dans le combiné à l'intention de sa secrétaire :

— Nancy, Compton est dans nos bureaux aujourd'hui, n'est-ce pas ?

Un frisson glacé secoua Mallory. Son sourire se figea.

Compton. Pouvait-il y avoir plus d'un Compton qui soit avocat chez Rendell & Renfro ? Elle se raidit tandis que la voix de Decker résonnait dans sa tête à travers un brouillard.

— O.K., demandez-lui de venir une minute, conclut-il.

Puis, il s'adressa de nouveau à Mallory :

— Comme je le disais, Carter Compton va prendre l'affaire en main. Je suppose que vous avez entendu parler de lui. Excellent avocat. Et sacré play-boy, me suis-je laissé dire.

Il émit un gloussement indulgent qui agaça Mallory.

— Il part pour New York recueillir les témoignages des plaignants, poursuivit Decker. Nous avons pensé qu'il serait bon de mettre une femme dans son équipe, et vous êtes toute désignée. Ah, le voici !

En dépit de ses efforts pour se blinder et garder la tête froide, Mallory ne se sentait décidément pas prête à voir Carter Compton franchir la porte. Son cœur battait la chamade. La bouche soudain sèche, elle dut rassembler toute son énergie pour accueillir celui qu'elle aurait préféré éviter.

— Mallory ! Ça va être formidable de travailler ensemble !

Carter venait d'entrer, armé d'un sourire éclatant. Et, au lieu de lui serrer classiquement la main, il noua ses doigts aux siens.

L'effet fut immédiat. Une décharge électrique traversa Mallory à ce contact. Il faut dire qu'il en imposait par sa haute taille, son corps musclé et puissant, tout comme sa main, forte et chaude, aux longs doigts fermes. Mallory sentit la petite callosité, juste entre l'index et le médius de la main droite, à l'endroit précis où il serrait autrefois son stylo comme il aurait tenu une cigarette… Il lui avait raconté avoir cessé de fumer au lycée, sur les conseils de son entraîneur de football. Aujourd'hui, tenait-il toujours son stylo ainsi ?

12

Carter Compton, le légendaire tombeur de filles… Ils avaient fréquenté la même faculté de droit, étudié ensemble, rédigé ensemble des articles pour la *Gazette du Droit*.

Un souvenir bien précis, qu'elle avait refoulé depuis très longtemps, lui revint brutalement à l'esprit. A la veille des examens de fin d'année, Carter et elle avaient passé la nuit chez lui à étudier… et elle se souvenait qu'il ne lui avait pas fait la moindre avance !

— Où donc étais-tu passée depuis tout ce temps ? s'enquit-il.

Il la regardait d'un air intrigué, et elle se demanda depuis combien de temps elle le dévisageait ainsi, bouche bée et les yeux écarquillés. Elle retira sa main de la sienne et répondit :

— J'étais ici, juste très occupée.

A l'époque, il avait une tignasse longue et indisciplinée. Ces dernières années, elle avait remarqué en l'apercevant lors de réceptions professionnelles — pour fuir aussitôt à l'autre bout de la pièce — qu'il portait maintenant les cheveux courts et frisés. Elle était curieuse de savoir si cette masse brune serait douce ou drue au toucher ? Il s'habillait chaque fois plus élégamment. Aujourd'hui, il arborait un costume anthracite finement rayé et une chemise blanc cassé à petits carreaux. Cravate de soie noire et pochette blanche parachevaient son allure distinguée. L'étudiant en droit habillé de jeans et d'un blouson d'aviateur avait fait bien du chemin ! Seigneur ! Qu'il était sexy dans les jeans moulants qu'il portait étudiant ! Une vague brûlante submergea Mallory tandis que la vision se cristallisait dans son esprit.

Il avait toujours les mêmes yeux indigo, soulignés d'épais cils noirs. Et maintenant que ces yeux-là étaient braqués sur elle, Mallory reconnut ce qui n'avait pas changé non plus : elle le désirait encore, avec la même intensité qu'à la fac de droit.

Comme elle se rendait compte qu'elle dévisageait de nouveau Carter, ses joues s'empourprèrent. Heureusement, Bill leur demanda de s'asseoir afin de mettre les choses au point.

Mallory s'effondra sur sa chaise. Puis, elle s'adressa à Bill :

— Vous dites que nous devons recueillir les dépositions à New York ?

— C'est exact.

Si elle devait travailler au côté de Carter, comment pourrait-elle se retenir de le toucher ? Comment pourrait-elle seulement travailler dans un tel état d'excitation ?

Elle devrait se dominer. Il le fallait. D'ailleurs, elle était la fille de sa mère, et sa mère disait : « Il faut toujours maîtriser la situation. »

Mais maîtriser cette situation-là nécessiterait une volonté de fer !

— Quand sommes-nous censés partir ? demanda-t-elle.

— Demain matin, répondit Bill.

A son grand soulagement, Mallory entrevit une porte de sortie.

— Demain ? Eh bien, j'ai peur que cela me soit impossible.

— Et pourquoi donc ? s'enquit Decker en fronçant les sourcils.

— Je rentre juste de congé. Vous savez aussi bien que moi à quoi ressemble la corbeille d'arrivée du courrier après quelques jours d'absence.

Elle jeta un coup d'œil à Carter qui avait fini par s'asseoir. Il semblait un peu moins imposant ainsi… Hélas, son regard électrique ravageur était toujours présent !

Bill balaya le prétexte d'un revers de main :

— Hilda peut très bien s'occuper du contenu de votre corbeille. Donc, c'est arrangé.

14

— Hilda ne peut pas traiter l'affaire du brevet Thornton, objecta Mallory, s'accrochant désespérément à sa dernière planche de salut. La rédaction de ce dossier est ma priorité numéro un. Vous ne voudriez tout de même pas que je fasse faux bond à Product Development ?

Elle décocha un nouveau regard à Carter. Il avait haussé les sourcils, et elle sentit aussitôt son cœur s'emballer.

— Des brevets ? rétorqua Decker. Cassie est tout à fait capable de les rédiger.

Carter approuva de la tête.

Mallory considérait Cassie comme une de ses meilleures amies, mais elle imaginait aisément la fureur de la jeune femme en apprenant qu'elle avait hérité l'un des dossiers en souffrance de Mallory !

— Ce ne serait pas correct à son égard, tenta-t-elle. Je viens de vous dire que…

— Mallory ! coupa Decker, d'un ton nettement plus autoritaire.

— Oui, monsieur ?

Elle déglutit péniblement.

— J'ai besoin de vous à New York. Etes-vous en train de dire que vous n'irez pas ?

— Non, monsieur. Ce n'est pas ce que j'ai dit.

— A la bonne heure. C'est donc une affaire réglée, trancha Bill.

— Où habites-tu ? lui demanda Carter.

Voilà bien la dernière question à laquelle elle s'attendait !

— Ah ! Eh bien, euh…

Elle parvint enfin à articuler son adresse.

— Je pensais que nous pourrions aller ensemble à l'aéroport, expliqua Carter, mais tu n'es pas du tout sur ma route. Ça te va si on se retrouve à l'embarquement ? Ma secrétaire s'est occupée des réservations. Ton assistante peut l'appeler, tu prendras ton billet sur place.

— Embarquement, billet…, répéta Mallory en hochant la tête.

Un bref salut à Bill, un sourire éblouissant à l'intention de Mallory, et Carter disparut.

Mallory retomba au fond de son fauteuil.

Bill affichait une expression satisfaite :

— Je savais que vous étiez celle qu'il fallait pour ce job !

— Et pourquoi donc ? soupira-t-elle.

Il lui adressa un large sourire.

— Parce que vous êtes totalement imperméable au charme viril de Carter Compton, ça se voit tout de suite. Avec vous, il n'y aura pas d'histoires ! Je peux vous faire confiance. Où que ce soit et avec qui que ce soit.

Il ajouta, approchant d'elle un visage empreint de la plus grande sincérité :

— Je lis dans les gens comme dans un livre ouvert, et voilà ce qui m'a frappé à l'instant, pendant que vous bavardiez avec Compton : vos collègues voient en vous une avocate, pas une femme.

En d'autres circonstances, Mallory aurait accepté sans broncher le compliment équivoque de Bill. Il sous-entendait tout simplement qu'elle était une collaboratrice fiable, une femme qui ne jouait pas des atouts de son sexe à des fins professionnelles. Mais revoir Carter avait fait surgir une sensation troublante dans son esprit. Ses doigts tripotaient le Palm Pilot qu'elle maniait habituellement avec une si grande dextérité.

— Bel éloge, en vérité, marmonna-t-elle.

Puis, elle se leva.

— Merci encore, Bill. Comptez sur moi demain.

« Bill aussi l'a remarqué. Carter ne me voit pas comme une femme… »

16

Soudain terriblement abattue, elle accéléra le pas et ouvrit la porte. Hilda, Cassie et Ned l'attendaient de pied ferme.

— ALORS ? demandèrent-ils d'une seule voix.

— Tu es fichue à la porte ?

Ned adoptait un ton lugubre de circonstance.

— Tu as découvert ce qu'*il* fait ici ?

La curiosité de Cassie s'expliquait maintenant que Mallory savait qui *il* était.

— Dois-je commander des cartons pour débarrasser votre bureau ?

La voix d'Hilda était pleine d'anxiété.

Mallory la regarda.

— Vous allez plutôt appeler la secrétaire de Carter Compton.

Ignorant le hoquet de Cassie, elle ajouta :

— Il va s'occuper du dossier « Petit pois ». Bill m'a désignée pour l'accompagner à New York et recueillir les témoignages de la partie civile.

Dans le silence qui suivit, la bouche de Cassie se réduisit à une mince ligne rageuse.

— Je te déteste, s'écria-t-elle. Cette mission, j'en crevais d'envie !

Elle se rua vers son bureau. Un fracas d'objets rebondissant contre les murs parvinrent immédiatement à leurs oreilles.

— Tu prends la pilule ? De toute façon, emporte des préservatifs, de quoi tenir quelques jours, suggéra Ned, ses yeux de hibou passant de la porte fermée de Cassie au visage de Mallory. Carter est le Casanova du XXIe siècle...

— Gardez vos genoux serrés, conseilla Hilda, tressaillant chaque fois qu'un nouvel objet heurtait les murs du bureau de Cassie.

Mallory regarda Ned, puis Hilda. Ensuite, elle articula de la voix impassible de quelqu'un en état de choc :

— Voyez-vous, c'est exactement pour cela que Bill m'envoie, moi. Parce que je n'ai pas besoin de prendre la pilule et que je n'aurai pas besoin d'emporter des préservatifs. Mes genoux sont serrés en permanence. Voyez-vous, je ne suis pas une femme. Je suis une avocate.

Elle dériva jusqu'à son propre bureau et en ferma la porte. Son diplôme de droit encadré sauta de son clou sous l'impact de ce que Cassie venait de lancer contre le mur mitoyen. Un mince rayon de soleil perça le ciel hivernal, et fit briller le verre cassé en mille éclats étincelants.

Elle y vit un symbole, mais lequel ? Elle n'aurait pu le dire.

Alors, Mallory ouvrit son Palm Pilot à la rubrique « Choses à faire ». Avec le fin stylet, elle inscrivit : « Faire réencadrer diplôme. »

Carter retourna à la bibliothèque du service juridique. Il était absolument ravi que Mallory l'accompagne à New York. Cette bonne vieille Mallory ! Avec elle, pas besoin de passer la moitié de son temps à faire assaut de charme comme c'était le cas avec la plupart des femmes.

Tout cela d'ailleurs finissait par le lasser. Il aspirait à quelque chose de plus vrai, il envisageait de se poser enfin.

Avec Peggy ? Ma foi, non. Avec elle, un week-end prolongé semblait déjà être une demi-semaine.

Il avait éliminé Diane la semaine dernière.

Alors, Andréa ? Hum. Il n'avait pas vraiment d'atomes crochus avec elle. Jamais eu l'impression qu'ils étaient sur la même longueur d'onde.

Marcie, peut-être ? Intelligente et sexy, elle ne cachait pas qu'elle souhaitait que leur relation s'épanouisse jusqu'à éclore sous la forme d'une bague de fiançailles sertie d'un diamant de belle taille. Mais, il ne savait pas bien pourquoi, après avoir passé quelques heures avec elle, il ressentait parfois une sorte de… vide.

Une vague d'insatisfaction l'envahit. Voyons ! Son agenda était plein de rendez-vous, des dizaines de filles espéraient qu'il les invite ou qu'il accepte leurs invitations à peine voilées. L'une d'elles devait bien être la bonne !

En attendant, il adorait son travail, et ce dossier était l'affaire la plus drôle sur laquelle il soit jamais tombé… En fait, son intitulé exact était « Kevin Knightson contre Sensuous », mais tout le monde ici en parlait comme le dossier « Petit pois », depuis qu'en mars dernier, une centaine de femmes — et quelques hommes — avaient voulu se teindre en « Roux Flamboyant », un produit de la gamme capillaire de Sensuous.

Au lieu de quoi, leurs cheveux, et tout ce qui avait été en contact avec le produit, avaient pris une jolie courte verte… identique à celle d'un petit pois. Tout cela parce qu'un ouvrier s'ennuyant sur sa chaîne de montage avait décidé que, pour la Saint-Patrick, ce serait amusant d'ajouter un colorant vert indélébile à un lot de teinture pour cheveux…

Les consommateurs n'avaient pas trouvé ça drôle du tout. Mallory, elle non plus, ne jugeait certainement pas ça drôle. Il avait intérêt à ne pas montrer qu'il pensait, lui, que ce dossier était très rigolo. Mais il pouvait lui faire confiance, elle l'aiderait à garder son sérieux.

D'ailleurs, il pouvait compter sur elle pour tout… Comme au temps de la fac. Il s'en souvenait encore. Au cours d'une nuit passée à réviser ensemble un examen important, un déclic s'était produit dans sa tête, et il avait décidé de prendre sa vie en main. Cela lui avait demandé de gros efforts, mais à partir de cette nuit, il avait changé le cours de son existence.

Comme il avait été tenté, alors, de finir la soirée au lit avec Mallory ! Ou, tout au moins, de prendre cette grande fille mince dans ses bras et l'embrasser ! Un baiser pour dire « Merci, et sortons ensemble, un jour ». Un baiser pour qu'elle ait *envie* qu'ils sortent ensemble un jour.

Alors, pourquoi ne l'avait-il pas fait ?

Aujourd'hui encore, il n'en savait rien. En revanche, il avait dès ce soir-là su qu'il allait réussir ses examens et devenir un avocat brillant. D'ailleurs, il avait obtenu la deuxième place de sa promotion. Mallory raflant la première, bien entendu.

C'est drôle, il avait oublié qu'elle était si jolie, avec ses grands yeux vert d'eau, et cette chevelure d'un incroyable blond argenté…

Il s'aperçut qu'il tripotait son stylo entre le médius et l'index, un tic nerveux qu'il s'efforçait en vain de perdre. Allons, son temps était bien trop précieux pour qu'il le gâche à se remémorer le passé ! L'affaire « Petit pois » devait demeurer l'unique objet de ses pensées jusqu'à ce qu'il ait négocié un compromis.

Bien entendu, dès la première réclamation, Sensuous avait retiré du marché l'intégralité du lot de teintures, et avait envoyé des avocats proposer un généreux arrangement aux quinze ou vingt premiers de la bonne centaine de plaignants. Malheureusement, deux d'entre eux avaient déniché une avocate bourrée d'ambitions — à moins que ce ne soit elle qui les ait dénichés, ce qui arrivait aussi. Elle les avait tous réunis, puis intenté un procès en dommages et intérêts à Sensuous. Ils ne se contenteraient pas de soins gratuits chez un spécialiste des cheveux, d'un an de manucure hebdomadaire et d'une salle de bains refaite à neuf à titre de compensation ; ils avaient décidé de tirer tout l'argent qu'ils pourraient de Sensuous.

La priorité de Carter était d'éviter le tribunal. Il allait donc devoir convaincre de son mieux les plaignants de laisser tomber les poursuites et d'accepter un dédommagement sensé.

Pourvu qu'on n'attende pas de lui qu'il séduise les demandeurs et leur avocate durant la négociation ! Pourvu que Sensuous l'ait embauché pour sa réputation professionnelle, et non celle d'homme à femmes !

— Monsieur Compton ?

Carter leva les yeux et vit l'une des stagiaires du service juridique près de la porte de la bibliothèque.

— Je sais que vous avez accès aux fichiers du dossier « Petit pois » sur notre réseau, mais je vous ai fait une copie sur disquette, au cas où vous seriez dans l'impossibilité de vous connecter.

Elle lui tendit la disquette en rougissant.

Il se leva et lui adressa un sourire.

— Merci beaucoup, dit-il.

Il crut un instant qu'elle allait s'évanouir. Elle lui rendit son sourire, fit battre ses longs cils et se dirigea vers la sortie en balançant les hanches de manière provocante. Parvenue à la porte, elle s'arrêta, prit une pose sexy, lui refit le coup des cils et susurra :

— Je m'appelle Lisa, et s'il y a quoi que ce soit d'autre que je puisse faire pour vous, par exemple une recherche juridique ou du secrétariat à New York…

« Et voilà, songea-t-il, c'était toute l'histoire de sa vie ». Il ne le faisait pas exprès, pourtant ! Il avait certainement quelque chose de chimique en surdose — une hormone mâle — qui depuis sa naissance débordait et attirait les femmes comme le miel attire les abeilles.

S'il voulait se ranger, il devrait endiguer ce trop-plein. N'être irrésistible qu'aux yeux d'une seule femme. Cesser de captiver chaque célibataire qui passait. D'ailleurs, autant commencer tout de suite. Que dire à Lisa afin qu'elle n'ait pas le moindre espoir qu'il l'appelle pour un week-end fou à New York ?

— Merci, Lisa, répéta-t-il. Je passerai le message à Mallory Trent. Elle pourrait avoir grand besoin de votre aide.

Il fut soulagé d'entendre que la voix de la jeune fille était déjà moins rauque.

— Bien entendu, dit-elle, relâchant la position très cambrée qui faisait ressortir à la fois ses seins et ses fesses.

Lorsqu'elle claqua la porte de la bibliothèque, Carter eut l'impression d'être en net progrès dans son comportement avec le beau sexe. Il regagna son bureau dans les locaux luxueux du cabinet Rendell & Renfro en méditant sa toute nouvelle découverte : mettre une femme entre lui et le reste de la gent féminine se révélait efficace !

Et, à New York, Mallory ferait un excellent bouclier.

Bien entendu, il ne tenait pas non plus à être totalement asexué. Son agenda comportait les coordonnées de plusieurs charmantes New-Yorkaises qu'il comptait bien revoir. C'était l'occasion de sortir, de s'offrir une nuit en ville, voire, pourquoi pas, une nuit au lit. L'occasion aussi de décider s'il pourrait passer le reste de sa vie avec l'une d'entre elles. D'ailleursm il ferait bien de fixer quelques rendez-vous dès ce soir, avant d'oublier.

Il atteignit l'immeuble et monta à son bureau. Dommage que les plaignants n'aient pas eu les cheveux de Mallory. Avec la si jolie couleur qui les caractérisait, personne n'aurait eu l'idée de les teindre en rouge !

2.

Mallory n'ouvrit plus la porte de son bureau avant d'être certaine que ses collègues fussent tous partis. Là, elle sentit qu'elle avait réussi à remettre de l'ordre dans son cerveau, et rangé Carter sous la rubrique « On ne touche qu'avec les yeux ». Rubrique où il resterait cantonné, du moins jusqu'à ce qu'elle se retrouve en face de lui, demain matin à l'aéroport. De toute façon, le lendemain matin, elle serait de nouveau elle-même, n'est-ce pas ? Elle maîtriserait la situation.

Emmitouflée pour faire face au froid hivernal, elle prit un taxi qui l'emporta dans la nuit, en glissant sur le sol verglacé. Les lampadaires projetaient un halo doré sur les flocons de neige qui voilaient l'air et poudraient les rues. De grands sapins de Noël se dressaient déjà dans les halls des immeubles ou apparaissaient derrière les fenêtres des maisons.

Elle pensa à la joie qu'auraient ses parents à recevoir les cadeaux qu'elle leur avait déjà achetés. Elle avait pris beaucoup de temps pour choisir ce qui leur ferait le plus plaisir.

Le taxi la déposa devant son immeuble. Mallory entra dans son appartement, retrouvant une fois de plus le silence, la chaleur, l'ordre et la propreté indispensables à son équilibre.

Comme d'habitude, elle posa sa serviette de cuir noir sur son bureau, l'alignant scrupuleusement sur le sous-main. Le courrier du jour fut placé sous la pile de celui qui était arrivé pendant qu'elle endurait ses vacances.

Premier arrivé, premier servi, telle était la règle.

1. Dépouiller le courrier
2. Payer les factures
3. Répondre aux invitations
4. Lire et classer tout le reste

Cette liste, extraite d'un livre de sa mère, surgit dans son esprit. Celle-ci affirmait dans tous ses ouvrages qu'une vie heureuse consistait en une suite de routines. Et pour peu que vous vous détourniez d'une seule de vos habitudes, vous ouvriez immanquablement la porte au chaos et au malheur.

Tandis que Mallory glissait un gant de cuir noir dans chaque poche de son manteau de cachemire, son regard tomba sur le paquet qui surmontait le tas d'enveloppes. Elle l'ouvrit : il s'agissait d'un exemplaire du dernier livre de sa mère. Pile ce dont elle avait besoin — un petit stage de remise à niveau !

Mallory suspendit son manteau noir dans le placard de l'entrée, replia son écharpe noire par-dessus, et posa son chapeau noir bien au milieu de l'étagère. Après avoir mis ses bottes fourrées à sécher dans l'endroit conçu à cet effet, elle apporta dans sa chambre la pochette de flanelle, noire elle aussi, contenant ses confortables escarpins bien cirés.

Des escarpins noirs également, tout comme ses bottes fourrées.

Il est toujours préférable de s'en tenir au noir basique pour les saisons froides, et au beige pour les conditions plus clémentes.

Encore une citation d'un livre de sa mère. Soudain Mallory eut envie de voir du rouge ! Que pouvait-elle trouver… ? Du vin, voilà ce qu'il lui fallait. Elle alla droit dans la cuisine et se servit un verre de merlot, puis retourna dans son bureau attaquer la routine du courrier.

Elle fit tourner le vin dans le verre, en admira la robe, en huma le bouquet, puis l'avala d'une seule gorgée. La chaleur envahit sa gorge. Elle sursauta et fixa le verre. Le vin et la paperasse étaient incompatibles, tout le monde savait ça, non ? Et qu'est-ce qu'elle avait fait ? Elle avait encore dérapé ! Décidément, quelque chose n'allait pas chez elle, aujourd'hui ! Rien qu'une dose de sagesse maternelle ne puisse guérir. Mallory ouvrit donc le nouveau livre d'Ellen, intitulé *Réussir ses voyages de A à Z*. Une carte à l'en-tête de sa mère était épinglée sur la couverture, portant un message dactylographié : « Avec les compliments d'Ellen Trent ». Surtout, pas trop de chaleur maternelle ! A l'intérieur se trouvait une lettre, également dactylographiée, mais un peu plus chaleureuse :

« Ma chère fille,

» Voici une compilation de tous mes tuyaux de voyages, plus quelques nouvelles idées géniales ! J'espère que cette lecture t'aidera à te souvenir de la Règle d'Or d'Ellen : l'Efficacité est le secret d'une Vie Heureuse.

Ta mère. »

Pas la moindre marque de tendresse dans le message, à moins de considérer que « ma chère fille » en soit une…

Mallory parcourut la table des matières :

— *Beauté maxi en trousse mini*
— *Condensez et emportez votre bureau*
— *Délivrez-vous du superflu, c'est indispensable*
— *Rentrez chez vous en toute sérénité*

Voilà qui devait l'intéresser, elle qui venait juste de revenir ! Mallory ouvrit le livre à ce chapitre qui démarrait ainsi :

Avant de partir, laissez vos papiers en ordre.

C'était déjà en haut de sa liste.

Ne laissez pas de linge sale.

Evidemment ! Le pressing ouvrait à 7 heures, elle y déposerait son linge en allant à l'aéroport le lendemain matin. Cela lui coûterait une fortune, mais elle n'avait pas le temps de faire une lessive, et la règle ne souffrait aucune exception.

Videz soigneusement votre réfrigérateur, notamment le bac à légumes. Un légume pourri gâcherait à coup sûr votre retour à la maison.

Aucun souci de ce côté, elle n'avait même pas eu le temps de faire des courses depuis son retour.

Vérifiez la date d'expiration des denrées périssables, produits frais ou surgelés, boîtes de conserve, mais aussi produits pharmaceutiques, et jetez tous ceux dont la date d'expiration tombe pendant votre absence.

Mallory se demanda brièvement si sa mère n'exagérait pas un peu. Mais des millions de femmes achetaient ses livres, des femmes à la poursuite du type de bonheur qu'Ellen Trent revendiquait. Un bonheur sur lequel Mallory comptait et qu'elle trouvait rassurant...

Laissez votre feuille de route à un proche, ami ou membre de la famille.

Ceci l'arrêta net. Si elle appelait ses parents, elle en aurait pour des heures au téléphone. Sa mère lui imposerait une checklist verbale, et elles risquaient de se disputer à propos de cette histoire de date d'expiration. Des amis, alors ? Elle en avait aussi. Des amis proches. Ceux avec lesquels elle était partie sur l'île de Saint-John, par exemple, totalement incrédules lorsqu'elle leur avait dit qu'elle avançait son retour. Ils risquaient de se moquer si elle leur annonçait qu'elle avait troqué sable et soleil contre Carter Compton…

Il lui restait son frère Malcom qui habitait New York. Elle pourrait lui envoyer sa feuille de route.

Hélas, Malcom était difficile à localiser. Il communiquait avec la famille par courrier électronique, envoyait des cartes d'anniversaires par Internet, et offrait des cadeaux commandés en ligne. Il avait tout du frère virtuel. Il rentrait parfois pour Noël, mais le plus souvent il passait ses vacances à tester des systèmes informatiques, privés ou professionnels. Malcom était un as de l'informatique qui avait eu un coup de foudre pour un disque dur.

Mallory composa le numéro de son frère. Comme elle pouvait s'y attendre, un répondeur se déclencha dès la première sonnerie. La voix familière de Malcom débita un message laconique :

— Trent Informatique Conseils, je suis absent. Vous pouvez m'envoyer un mail à « malcomtrent », en un seul mot, « point com ».

— Mon frère le Robot, marmonna-t-elle.

« Et sa sœur Mallory l'avocate. Qui n'est pas une femme. »

Entre eux deux, le parallèle était frappant ! Elle envoya un e-mail à Malcom lui proposant de se rencontrer à New York, puis éteignit l'ordinateur. Elle se sentait épuisée. Décidément, elle ferait bien de s'occuper de ses bagages avant de se retrouver à vérifier la date d'expiration des crackers et du foie gras qu'elle gardait en cas de dînette impromptue…

A son bureau, Carter Compton se servit une deuxième tasse de café, avala une gorgée et fit la grimace. Le café le plus infect qu'il ait jamais bu, en dehors de celui qu'il se préparait lui-même, bien entendu ! Un vrai café de distributeur…

Il posa la tasse et attrapa son stylo, le faisant pensivement tourner entre ses doigts.

« Quelque chose avait sérieusement cassé l'ambiance aujourd'hui », songea-t-il. Mais quoi ? Lui qui se croyait maître de son état d'esprit, imperméable aux perturbations extérieures, aussi fiable que le lever du soleil… Ne pas pouvoir mettre le doigt sur ce qui clochait le dérangeait plus que le malaise lui-même !

Néanmoins, quelque chose lui disait que Mallory n'était pas étrangère à tout cela… Mallory était très boulot-boulot, il voulait lui donner l'impression d'avoir aussi mûrement réfléchi au dossier qu'elle.

Il soupira. Voilà qu'il essayait à tout prix d'épater Mallory Trent !

Serait-il un jour suffisamment sûr de ses compétences profes-sionnelles pour oublier qu'autrefois, il avait dû remuer ciel et terre avant que les gens ne le prennent vraiment au sérieux ?

Il se leva et se dirigea vers la baie vitrée de son bureau. Chicago scintillait devant lui. Déjà les illuminations de Noël… Dans la banlieue huppée où il avait grandi, un fleuriste livrait chaque année à ses parents le plus grand et le plus bel arbre de Noël du quartier. Sous le sapin, une montagne de cadeaux. Tous ceux qu'il désirait, plus d'autres qu'il ignorait désirer. Et, toujours, pour sa mère de la part de son père, une toute petite boîte contenant un diamant un peu plus gros que celui qu'il lui avait offert l'année précédente.

Il avait été un enfant unique et trop gâté qui ne connaissait pas l'autorité.

Et plutôt que de profiter des avantages que la vie lui offrait, qu'avait-il fait ? Les quatre cents coups ! La drogue était la seule expérience à laquelle il ne soit pas livré. Et aucune fille n'était jamais tombée enceinte de ses œuvres, ce qui relevait non pas du miracle, mais de l'énorme boîte de préservatifs que

28

son père ne manquait pas de déposer chaque vendredi sur sa table de chevet…

Au lycée, de bonnes notes auraient ruiné sa réputation de mauvais garçon. C'est donc grâce au football américain et non à ses résultats scolaires que Carter était entré à l'université d'Evanston. Là, l'entraîneur lui avait fait arrêter la cigarette, l'alcool, la nourriture de fast-food et les veilles de match dans les bras d'une pom-pom girl. Mais en fait, personne n'avait réellement eu conscience de son intelligence avant qu'il ne passe l'examen d'entrée à la fac de droit… et le réussisse !

Ce qu'ignorait la fac de Chicago qui lui avait ouvert grand ses portes, c'est qu'il ne savait pas étudier. Et c'est à ce moment-là que Mallory avait changé le cours de sa vie. Un jour, il l'avait appelée, lui avait avoué qu'il pataugeait et demandé son aide. Elle était ainsi devenue son professeur particulier. Non rémunéré. Et dire qu'il ne l'avait même jamais invitée à dîner pour la remercier ! Tout cela par peur d'essuyer un refus… Bon sang, se rappelait-elle quel abruti il avait été ? !

Carter fronça les sourcils. Il ferait bien d'étudier un peu plus le dossier, de se familiariser avec les détails, et de trouver quelques questions intelligentes à poser à Mallory, voire une ou deux remarques brillantes à faire. Bref, il ferait bien d'en finir avec ce retour en arrière nostalgique pour se concentrer sur ces satanés documents.

Le téléphone sonna. Mallory finissait juste d'emballer la garde-robe type préconisée par sa mère.

— Mallory ? Ici Carter, dit la voix au bout du fil.

Une voix chaude, profonde, qui fit à Mallory l'effet d'un coup de poing dans le ventre.

— Salut, Carter, répondit-elle, s'appliquant à ce que sa voix ne trahisse rien de son trouble.

Voilà une preuve de l'excellente influence que les livres de sa mère exerçaient sur elle. Une seule séance de lecture suffisait pour qu'elle recouvre son « moi sensé ».

Elle allait assurer durant ce voyage, sûr.

— J'ai juste une petite question, poursuivait Carter. Pourquoi vert *petit pois* ? Pourquoi pas *vert* tout court ?

Mallory hésita. Il y avait certainement une raison, mais le timbre de la voix de Carter, le simple fait qu'il ait appelé, entamait son « moi sensé ». Totalement affolant…

— Eh bien, il existe de nombreuses nuances de vert : pistache, sapin, pomme…

— Tu serais moins contrariée avec des cheveux vert pomme plutôt que vert petit pois ?

— Mmm, non, je ne pense pas…

— Alors, l'utilisation du terme « vert petit pois », qui a une connotation négative, au lieu de « vert » tout court, qui est plus neutre, est délibérée de la part des plaignants… Pour que ce vert semble le plus horrible possible, déclara Carter d'un ton triomphant.

— Mais je viens de dire que cela n'aurait…

— C'est juste une idée à creuser. Allez, on se voit demain à l'aéroport.

— D'accord, je…

Mais il avait déjà raccroché. Seigneur ! Depuis la fac de droit, c'était la première fois qu'il l'appelait, et pour commenter l'impact de « vert petit pois » par rapport à « vert » sur des jurés !

Mallory se rua vers le miroir. D'accord, elle n'était pas sublime, son visage toujours sérieux n'était pas des plus sexy, mais pourquoi, au juste, ses collègues ne la voyaient-ils pas comme une femme ? Pourquoi Carter ne l'avait-il jamais vue comme une femme ?

Elle se détourna et son regard tomba sur la valise. Il restait de la place. Qu'est-ce qu'elle pourrait emporter d'un peu plus excitant que du noir ?

Elle passa frénétiquement en revue sa penderie, tout en sachant que c'était inutile. Car elle savait exactement de quoi se composait sa garde-robe : beaucoup de noir, un peu de blanc, un soupçon de bleu marine, deux touches de folie : le gris et le beige. Cette penderie ne cachait aucune surprise.

Trop tard pour du shopping. Mais pas pour appeler sa copine Carole, la bête de mode qui habitait au cinquième. Elle aurait certainement une vieille nippe à lui prêter. Carole aussi était rentrée plus tôt de Saint-John, pour une raison que ses amis comprenaient fort bien : elle voulait être là pour le lancement des soldes.

— Carole, dit Mallory au téléphone. Je vais à New York, et…

— Mallory la jet-setteuse, répondit Carole. Je ne savais pas que tu repartais à peine arrivée.

Mallory se justifia, non sans nervosité :

— C'est pour le travail. Je me demandais si je pouvais t'emprunter une veste ou quelque chose.

— Tout ce que tu voudras, assura Carole avec conviction. Si tu décidais enfin à quitter tes tailleurs et tes chaussures de marche, je te laisserais libre accès à tout mon placard. A tous *mes* placards, je veux dire. Quel genre de veste avais-tu en tête ?

— Quelque chose qui aille avec du noir, répondit Mallory, perdue d'avance devant un si grand choix.

Ce n'était pas la première fois qu'une amie commentait son penchant pour ses tenues trop classiques. Mais c'était la première fois que cela la perturbait.

Une vision insolite traversa alors son esprit : les doigts de Carter parcourant l'échancrure puis glissant sous le tissu du chemisier de soie pourpre très décolleté qu'elle avait enfilé…

Elle balbutia avec peine :

— Je pensais à quelque chose de… rouge.

Ça y est, elle dérapait de nouveau ! Inquiétant. Très inquiétant même !

— Oh ! s'écria Carole. J'ai une veste rouge qui t'irait à merveille. Je te la monte tout de suite. Je vais l'accrocher à ta poignée de porte. Tu dois être occupée, avec tes bagages.

— Merci, Carole. A charge de revanche.

— Tout de suite, si tu veux : as-tu des timbres ?

— Bien sûr !

En vraie femme efficace, Mallory avait en stock tous les articles de première nécessité.

— Je te les laisse dans ta boîte aux lettres. Dis-moi, Carole, ajouta-t-elle, je peux te laisser aussi un exemplaire de ma feuille de route ?

— Evidemment ! Quel est le nom de ton hôtel ?

— Le Saint-Régis, mais il y a d'autres informations : numéros de vol, personne à prévenir en cas de…

— Et la tenue dans laquelle tu veux être enterrée ? compléta Carole avec un soupir que Mallory avait déjà entendu chez d'autres amies. D'accord, inscris-moi tout ça, je vais attendre un quart d'heure avant de te monter la veste.

Elle s'interrompit, et lorsqu'elle parla de nouveau, son ton avait changé.

— Tu vas *adorer* cette veste.

La voix de Carole n'était-elle pas un peu narquoise, ou se faisait-elle des idées ? se demanda Mallory. Non, ce n'était pas une idée. Comme elle le constata un peu plus tard en décrochant la veste rouge.

Elle l'examina, puis, consternée, l'essaya. Avait-elle pris du poids ? Alors que Carole et elle avaient toujours eu la même taille, cette veste était très ajustée. Elle soulignait ses seins, s'évasait sur les hanches et ne cachait nullement ses fesses — pourtant la principale raison de porter une veste, non ?

Carole pensait certainement bien faire en lui proposant ce vêtement, mais Mallory comprit qu'elle n'aurait jamais le courage de la porter en public. Néanmoins, elle ne voulut pas paraître ingrate. Elle la plia donc « à la manière Ellen Trent » et s'en servit pour combler l'espace vide de sa valise à roulettes. Si cette ahurissante idée fixe de rouge persistait, elle s'achèterait sa propre veste à New York.

Elle ferma le livre de sa mère et le garda un instant dans sa main. Puis elle le glissa aussi dans sa valise. L'avoir avec elle la protégerait, comme une médaille de saint Christophe protège les voyageurs, ou comme l'ail éloigne le diable.

En l'occurrence, le diable se prénommait Carter.

Carter tambourinait sur son bureau avec le stylo qu'il tenait, comme toujours, à la façon d'une cigarette. La question du « vert petit pois » aurait dû intéresser Mallory, pensait-il, mais l'hésitation qu'il avait perçue dans sa voix lorsqu'il l'avait appelée prouvait qu'elle avait trouvé cela totalement idiot. Et elle le lui aurait probablement dit si elle n'avait pas été une fille si bien élevée.

Sauf qu'elle n'était plus une fille. Elle était une femme…

Avec le sentiment d'être retourné dix ans en arrière, il fourra tous les dossiers dans sa mallette et quitta le bureau.

Chez lui régnait un désordre invraisemblable. Heureusement qu'il partait, la femme de ménage pourrait s'occuper de tout cela pendant son absence ! Comme il avait oublié d'acheter une pizza sur le chemin du retour, il dut en commander une et s'employa à finir ses bagages en attendant qu'on le livre. Puis il la mangea dans son lit en regardant les nouvelles à la télévision. Enfin, il débarrassa son oreiller préféré d'une rondelle de poivron, et le boxa afin de lui donner une forme confortable, histoire de passer une bonne nuit.

« Une bonne nuit, facile à dire… »

Cependant la fatigue l'emporta, et le lendemain matin, Carter attendait Mallory à l'aéroport l'esprit frais et dispos.

Bon sang ! Qu'est-ce qu'elle fichait ?

Arrivé à une heure qu'il considérait comme un compromis poli entre les consignes ridicules de la compagnie aérienne et le principe de réalité, il patientait depuis déjà quinze minutes sans que Mallory se soit manifestée.

« A moins qu'elle ne soit déjà là », songea-t-il, mais qu'elle l'ignore, comme lors de ces réceptions professionnelles, au cours desquelles il avait parfois croisé son regard, mais n'avait jamais réussi à l'approcher ?

Enfin, elle apparut, et Carter, plus soulagé qu'il ne l'aurait avoué, la regarda s'avancer vers lui, grande, si élégante dans ses vêtements noirs, avec cette chevelure d'or pâle qui dansait sur ses épaules… C'était une sacrément belle femme !

Il se leva, un sourire aux lèvres. Puis fronça les sourcils en constatant que son cœur tambourinait dans sa poitrine. Décidément, il ferait bien de réduire son apport en caféine…

Mallory le rejoignit, tirant une mallette à roulettes.

— Salut ! dit-elle simplement.

Le mot fut prononcé d'une voix rauque et chaude par deux lèvres pulpeuses soulignées de rose discret. Quelque chose dans cette voix, à moins que ce ne soit le regard d'un type qui se retournait sur Mallory, incita Carter à l'enlacer. Oh, une simple accolade genre soirée de cocktail, mais il sentit son cœur cogner un peu plus fort dans sa poitrine. Ridicule !

Il retira précipitamment son bras et s'exclama :

— Mallory ! Qu'est-ce que tu fichais ?

Elle se figea.

Et soudain, Carter se souvint pourquoi il n'avait pas essayé de lui faire l'amour au cours de leurs années d'études : parce qu'elle n'en avait clairement pas envie.

Il se reprit.

— Je viens juste d'arriver aussi, rétorqua-t-il, parvenant cette fois à sourire. Je parie que tu as été retardée par l'enregistrement de tes bagages ?

— Pas du tout, assura Mallory. Ils sont là !

Elle lui désigna la valise à roulettes. Le geste fit voler ses cheveux clairs qui dessinèrent un magnifique arc d'argent par-dessus ses épaules.

Carter examina la minuscule valise avec curiosité. Que transportait-elle là-dedans ? Des vêtements lyophilisés qui reprenaient leur forme dans l'eau ?

— Tu as prévu de faire du shopping ? demanda-t-il.

Les yeux vert d'eau lui lancèrent un regard glacé, et il se sentit le pire et le plus crétin des machos.

— Bien sûr que non ! riposta-t-elle. Je vais à New York pour travailler, pas pour faire les magasins.

« Etait-elle toujours comme ça, ou uniquement avec lui ? » se demanda Carter.

La voix d'une hôtesse appela les voyageurs pour l'embarquement. Carter se mordilla les lèvres en rejoignant la file des passagers. Voilà qui ne présageait rien de bon pour leurs relations de travail... de toute évidence le seul type de relation qu'elle envisageait d'avoir avec lui !

Mais après tout, quelle importance, avec tant d'autres femmes disponibles dans le monde ?

3.

Mallory s'était dit : « Une fois installée dans l'avion, je pourrai reprendre mon souffle. » Mais à peine assise près de Carter, elle crut qu'elle ne pourrait plus jamais respirer du tout.

Tout à l'heure, il l'avait juste enlacée, et tous les sermons qu'elle s'était infligés la veille étaient partis en fumée... « Comme elle avait eu raison, toutes ces années, de le fuir lors des réunions professionnelles ! » se dit-elle. Car s'il l'avait embrassée amicalement au cours d'une soirée, elle se serait écroulée à ses pieds comme une crème renversée...

Au simple contact de ses doigts, son désir pour lui s'était réveillé, plus brûlant qu'autrefois encore, violent, tellement impérieux...

Les yeux de cet homme, d'un bleu presque noir, reflétaient toujours autant la passion virile qui habitait son âme — passion pour la vie, pour les femmes, pour son métier. Ces yeux, si expressifs, voilà quel était le secret de sa séduction ! Sans ces yeux-là, Carter n'aurait été qu'un homme de plus, au corps certes magnifique, terriblement attirant... un homme qu'on avait irrésistiblement envie d'approcher... de sentir contre soi... tout contre soi...

Une contraction douloureuse se noua au creux de son ventre... Seigneur ! Jamais elle ne parviendrait à se retenir...

36

— Monsieur, vous désirez boire quelque chose avant le décollage ? demanda l'hôtesse de l'air, dont le regard noisette fit un aller-retour sur le corps remarquable de Carter.

— Mallory ? l'interrogea celui-ci, évitant les yeux baladeurs de la fille. Tu veux quoi ?

— Un venin ! gémit-elle sans même se rendre compte.

Carter et l'hôtesse la fixèrent, interloqués. Elle s'empressa de corriger :

— Viennois. Un café viennois, si vous en avez.

— Pas de café viennois, répondit l'hôtesse.

— Alors, noir, ça ira très bien. Et décaféiné.

Elle n'avait pas besoin de coup de fouet supplémentaire.

— Un jus d'orange pour moi, demanda Carter après un moment d'hésitation. Non, donnez-moi plutôt un jus de tomate.

Tout ce que vous voudrez, promettaient les yeux de l'hôtesse.

Mallory épia Carter du coin de l'œil, guettant le sourire éblouissant, l'assurance muette qu'il trouvait la fille superbe, et que si elle voulait, eh bien…

Ça y était, le sourire se dessinait… mais les sourcils de Carter se froncèrent. Surprenant ! Carter faisant la moue à une fille qui le draguait ? C'était nouveau… Mais pas la peine d'extrapoler, alors qu'elle n'avait aucune chance de plaire à Carter… Elle devrait se contenter de le côtoyer sur le seul terrain où elle se sentait pleine d'assurance : le dossier « Petit pois ».

— Et si on profitait du vol pour discuter un peu de l'affaire ? lui demanda-t-elle, consciente de paraître très bas-bleu à côté de la bombe sexuelle en uniforme. Dès qu'on aura décollé, on regarde les interrogatoires, d'accord ?

— Bonne idée, répondit Carter. Plus tôt on se mettra au travail, mieux ça vaudra.

« Voilà bien les paroles les plus sages qu'il ait jamais prononcées ! » se dit-il. L'avion décolla en douceur, mais il avait l'impression d'être aspiré dans l'œil d'un cyclone... Tout ce qu'il espérait, c'est que le tourbillon le déposerait quelque part où il serait en sécurité. Car bizarrement, il ne se sentait plus du tout en sécurité avec Mallory...

« Qu'est-ce qui avait changé chez elle ? » s'interrogea-t-il en l'examinant furtivement. Ce n'était pas son apparence : son tailleur-pantalon de bonne coupe était de toute évidence une tenue strictement professionnelle. Ni son maquillage, non qu'il y connaisse grand-chose, mais a priori, elle s'était contentée d'un peu de mascara sur les cils, d'un nuage de poudre sur le nez, d'un soupçon de rose sur les lèvres et basta !

Qu'ils étaient longs, ses cils... Cela ne l'avait jamais frappé jusque-là ! Elle ne devait pas se maquiller du temps de la fac... Pourtant, c'était bien avec Mallory qu'il avait révisé cet examen de droit constitutionnel, non ? Alors, pourquoi n'avait-il pas remarqué ses cils ?

— Tu crois qu'on pourrait tenter le coup ? Je sais que ce n'est pas une approche très courante, mais ça marcherait peut-être dans ce cas précis.

Bon sang ! De quoi parlait-elle pendant qu'il admirait la frange de ses cils ?

— Ah ! Hum... Je vais y réfléchir, répondit-il.

L'expression glacée des yeux de Mallory tandis qu'elle le regardait, interloquée, lui fit froid dans le dos.

— Tu ne m'écoutais pas ! l'accusa-t-elle.

— Voyons, Mallory ! Quand donc ne t'écoutais-je pas ? protesta-t-il, prenant un ait penaud.

— A l'instant.

Elle le regardait comme s'il était un chewing-gum venu se coller sur la semelle de sa chaussure. Oublierait-elle un jour que, sans son aide, il aurait raté cet examen de droit constitutionnel, et se serait sans doute fait virer de la fac de droit ? Il en doutait. Cette fameuse nuit, au cours de laquelle ils avaient étudié ensemble, avait été pour lui le point de départ vers la respectabilité. Mais Mallory, elle, ne le respecterait jamais… Voilà pourquoi elle s'était toujours montrée si distante : Mallory Trent ne pouvait être attirée que par un homme qu'elle respectait.

Eh bien ! Il n'avait qu'à faire le nécessaire pour l'amener à changer d'avis à son sujet. Evidemment, il aurait du mal à la convaincre… Alors, dans l'immédiat, il fit la seule chose qui semblait appropriée : il lui sourit.

Voilà que sous l'impulsion du sourire de Carter, — un sourire dédiée à la femme et non à l'avocate, elle le sentait — Mallory se retrouva en orbite dans l'espace.

Quelque part dans son ventre — et même un peu plus bas — une sensation bizarre fusa, puis éclata en un feu d'artifice dans tout son corps. Qui devint brûlant, moite, fébrile, tandis que sa bouche s'asséchait. Elle se ressaisit et expliqua d'une voix qui lui parut soudain très aiguë :

— Je proposais d'apporter un brin d'ironie à cette procédure. Quelque chose dans le genre « Des cheveux et des ongles verts ? Où est le problème ? Les ados claquent des fortunes pour avoir un tel look ! »

Le sourire de Carter s'élargit. Devint moins suggestif sans perdre pour autant sa magie.

— Moi, j'irai jusqu'à dire : « Madame, teignez-vous les cheveux en vert, et vous paraîtrez trente ans de moins ! »

— Ensuite, tu lui décoches ton sourire-qui-tue, et toc, on gagne l'affaire ! conclut Mallory en gloussant.

Atterrée, elle vit le sourire de Carter s'effacer, sa bouche se pincer. Elle qui avait cru, un instant, être enfin parvenue à établir un rapport homme-femme avec lui… Flûte ! Qu'avait-elle dit de si contrariant ?

« Mon sourire qui tue ? »

« Et voilà, songea Carter, ça prouvait bien qu'on l'avait affecté à cette affaire pour ses talents de play-boy et non pour ses compétences professionnelles ! »

Cela dit, il ne comprenait pas pourquoi ce que Mallory pensait de lui le préoccupait autant : après tout, Rendell & Renfro était un cabinet prestigieux dans lequel il était déjà associé malgré sa jeunesse ; donc, il n'avait pas besoin de recourir à son « sourire-qui-tue », comme elle disait, pour défendre convenablement ses clients ! Pourquoi ne pouvait-elle pas l'admettre, bon sang ? !

Pendant que Mallory pianotait sur l'ordinateur, il observa son visage. Décidément, elle était vraiment très belle ! Et vraiment très intelligente ! Mais cela ne faisait pas de lui quelqu'un d'inférieur…, si ?

Du coup, Carter se fit un serment : d'accord, il pouvait s'offrir toutes les femmes qu'il désirait, mais ce qu'il voulait de celle-ci, c'était qu'elle le respecte. Et il y parviendrait avant qu'ils ne bouclent cette affaire « Petit pois ».

Quoi qu'il lui en coûte…

— Occupe-toi du taxi et du portier, je vais prendre nos clés, lança Carter lorsqu'ils s'arrêtèrent devant le Saint-Régis.

Le vol lui avait semblé interminable. Plus tôt Mallory et lui seraient dans deux chambres séparées, mieux cela vaudrait. La laissant régler la course, il traversa à grands pas le hall splendide de l'hôtel et s'approcha de la réception.

— Nous avons réservé aux noms de Compton et Trent, dit-il à la jeune femme de l'accueil.

— En effet, monsieur Compton, nous avons une très belle suite pour vous, confirma-t-elle après avoir tapé sur son clavier.

Elle le regardait comme le regardaient toutes les femmes. D'un air gourmand.

En guise de réponse, Carter lui tendit une carte de crédit, puis demanda :

— Et pour Mlle Trent ?

Les doigts de la fille ralentirent sur les touches. Avec moins d'assurance, elle finit par annoncer :

— Vous partagez la suite avec elle. La personne qui a fait la réservation…

Carter se souvint. « Ce n'est que Mallory, avait-il dit à Brenda, sa secrétaire. Faites ce qui vous semblera le plus pratique. »

Mortifié, il se pencha par-dessus le comptoir.

— J'ai changé d'avis, siffla-t-il. Donnez-lui la suite et trouvez-moi une autre chambre.

Le visage de la réceptionniste s'éclaira.

— Ah ! Vous avez rompu, dans l'avion ?

Carter serra les lèvres et répondit :

— Pas du tout. Nous ne sommes que collègues. Simplement, je pensais qu'un peu d'intimité ne nous ferait pas de mal après avoir travaillé ensemble toute la journée.

Après avoir encore longuement pianoté sur son clavier, l'employée de l'hôtel finit par dire :

— Je suis vraiment désolée, monsieur Compton, nous sommes au complet cette semaine ! A cause de la convention de la Ligue nationale des chasseurs. La ville est pleine de congressistes.

Mallory l'avait rejoint.

— Je dois signer quelque chose, pour ma chambre ? demanda-t-elle.

Carter décida de crâner.

— Ma secrétaire nous a réservé une suite, annonça-t-il courageusement. Chambres et salles de bains séparées, salon commun pour faire bureau. Ça ira pour toi ?

Elle pâlit et il sut que ça n'irait pas. Alors, il se raidit, prêt à ce qu'elle le balance à travers la baie vitrée.

« Non, ça n'irait pas du tout ! » se dit Mallory, en entendant qu'elle partageait une suite avec Carter.

Elle qui avait pensé que le pire était passé, et qu'elle serait bientôt installée tranquillement dans sa propre chambre, devant son ordinateur portable, sans avoir à se torturer avant le lendemain à l'idée de voir Carter…

Elle avait prévu de se passer de déjeuner, de travailler tout l'après-midi, puis de prendre une bonne douche, de se faire servir le dîner dans sa chambre, et, enfin, de se blottir dans le peignoir qu'elle avait emporté avant de passer la soirée dans une merveilleuse solitude. Ainsi, elle aurait eu le temps de se ressaisir.

Mallory se sentit défaillir.

— Tout va bien ? demanda Carter.

— Super !

Mensonge, car elle était aussi épuisée qu'après une lutte au corps à corps… Seigneur ! Encore une scène qu'elle aurait dû éviter d'imaginer… Elle n'allait sans doute pas fermer l'œil de la nuit, avec Carter si près… Est-ce qu'il ronflait ? Comme il aurait été bon de dormir entre ses bras, sa bouche dans ses cheveux… Ou sur sa poitrine… Ou ailleurs, peu importe, là où il aurait posé la tête… Mais pas sur sa nuisette. Sur sa peau nue…

La tête lui tournait. Décidément, elle devenait folle !

Après une longue inspiration, elle déclara d'une voix douce :

— Cette suite est une excellente idée. Ce sera très pratique pour travailler en soirée sur le dossier !

— Un peu comme si on retournait à la fac et qu'on étudiait ensemble toute la nuit, souligna Carter.

A part elle, Mallory souhaitait que les nuits à venir se passent plutôt autrement qu'à travailler…

— Voici vos clés, dit la réceptionniste. Le bagagiste va monter vos bagages.

— Vous êtes en lune de miel ? demanda le préposé aux bagages en installant les valises de Carter dans sa chambre.

Il lui fit un clin d'œil. Carter répondit sèchement :

— Nous sommes collègues. Avocats de la Ligue nationale des chasseurs.

— Oh ! Très bien, excusez-moi…, dit précipitamment le bagagiste. Voici comment régler le chauffage…

A cet instant, Mallory sortit de sa chambre pour poser son ordinateur portable sur une table du salon. Elle avait enlevé sa veste et portait un haut noir sans manches, glissé dans son pantalon. « Un pantalon un peu vague et froissé, mais qui lui allait rudement bien », songea Carter. Et elle avait vraiment de jolis bras ! On avait envie de les caresser de haut en bas…

Il s'aperçut que le bagagiste s'était arrêté de parler. Lui aussi avait les yeux rivés sur Mallory. Il foudroya du regard l'homme qui glapit :

— Ici, vous avez la cuisine…

Tandis que le bagagiste continuait de pérorer nerveusement, Carter examina les lieux. Cette suite était sans aucun doute plus grande que la plupart des appartements new-yorkais ! Des frises de fleurs en stuc couraient autour des plafonds, les murs étaient tendus de velours, les sols recouverts de tapis orientaux qui chatoyaient sous la lumière des chandeliers de cristal.

Dire qu'il allait être enfermé là-dedans pendant plusieurs nuits avec une femme dont il venait de découvrir qu'elle était bien plus belle et beaucoup plus sexy que dans ses souvenirs… Bon sang ! S'il voulait que Mallory le respecte, ce n'est certes pas en lui sautant dessus qu'il y parviendrait ! Il se concentra sur le présent.

— Nous tenons à votre disposition un service de blanchis-serie, poursuivait le bagagiste. Nous avons également une salle de fitness au sous-sol, et le room-service est assuré vingt-quatre heures sur vingt-quatre. Vous pouvez ne jamais quitter votre chambre, si vous le désirez ! ajouta-t-il, l'œil grivois. Si vous désirez autre chose…

Carter l'interrompit en lui tendant un billet :

— Vous en aller, voilà ce que vous pouvez faire.

Le bagagiste quitta la pièce, non sans avoir auparavant marmonné de nombreux « Oui, monsieur, bien, monsieur ».

Mallory passa la tête à la porte de sa chambre.

Carter lui demanda :

— Tu veux déjeuner ?

— Non, merci. Le repas dans l'avion me suffit. C'était mauvais mais copieux.

Elle semblait pensive.

— C'est vrai, acquiesça Carter, qui se sentait pensif, lui aussi. Dis-moi, ça ne t'ennuie pas de dîner seule, n'est-ce pas ? J'ai quelques rendez-vous en ville, de vieilles copines. Elles seraient vexées que je ne leur passe pas un coup de fil. Je sors avec Athéna, ce soir, Bérénice, demain…

— Et Cassandre, jeudi soir ? C'est quoi, l'idée ? Commencer par la lettre A et finir avec Zelda ?

Mallory se força à sourire, comme si elle le taquinait. Carter rougit et grogna :

— Mouais, c'est un peu ça…

« J'aurais dû m'en douter », songea Mallory.

Carter travaillerait dur tous les jours, mais le soir, il comptait batifoler avec des filles… Avait-elle vraiment cru qu'il l'inviterait à dîner ? Non ? Alors, pourquoi ce sentiment aigu de déception ?

— Ça ne m'ennuie pas le moins du monde, mentit-elle. Il n'y a aucune raison que l'on se sente obligés de passer notre temps libre ensemble.

— Ce n'est pas ce que je voulais dire, je…

— En fait, j'ai moi-même des projets pour ce soir, coupa Mallory.

44

— Tu sors ? reprit Carter.

— Oui. Et je sortirai aussi d'autres soirs. Alors ne pense pas une seconde que je vais te priver de ta liberté. Nous sommes ici pour travailler ensemble, rien de plus, conclut-elle.

Carter ne répondit rien.

Il semblait que ce discours l'ait quelque peu refroidi. Tant mieux ! Mallory pivota sur ses talons et rentra dans sa chambre. Après avoir composé le numéro de son frère Malcom, elle tomba comme la veille sur le message demandant d'envoyer un e-mail. Maugréant à voix basse, elle rouvrit sa porte. Apparemment, Carter défaisait ses bagages dans sa chambre. Elle prit son ordinateur portable sur le bureau, retourna le brancher sur la ligne téléphonique et interrogea sa messagerie.

Comme prévu, il y avait un message de son frère :

« chère mallory je ne suis pas à new york en ce moment je suis en pennsylvanie désolé on se verra une autre fois »

Ni majuscules, ni ponctuation, ni signature. Malcom ne voyait pas l'intérêt de signer un e-mail quand son nom figurait en entier sur l'adresse.

Donc, son frère ne pourrait pas lui servir de prétexte pour sortir le soir, ni de moyen pour se mesurer avec Carter dans la course aux « Nuits les plus folles ». Mallory pianota sa réponse :

« Mon cher frère préféré : Où ça en Pennsylvanie ? Pourquoi en Pennsylvanie ? Avec tout mon amour, ta sœur Mallory. »

Elle envoya l'e-mail puis éteignit son ordinateur. Surgie de nulle part, la voix de Carter traversa la porte fermée.

— Mallory ! hurla-t-il.

— Quoi ?

— J'ai oublié d'emporter des chaussettes !

Mallory inspira profondément avant de répondre :

— Je ne sais pas tricoter.

« S'il avait lu les livres de sa mère, songea-t-elle, il n'aurait pas oublié ses chaussettes. » Ouvrant sa porte afin qu'ils n'aient pas besoin de continuer à hurler pour s'entendre, elle le nargua du regard.

— Je vais chez Bloomingdale's acheter des chaussettes, lui dit-il sèchement. Je me demandais si tu voulais venir avec moi, au cas où tu aurais oublié quelque chose, toi aussi.

— Oh, merci, commença-t-elle, surprise. Mais je…

« Mais je n'ai évidemment rien oublié. Je n'oublie jamais rien. Lorsque l'on fait une liste correcte de ce qu'on doit… »

— D'accord, se reprit-elle. Je t'accompagne. Je trouverai peut-être un ou deux cadeaux de Noël au rayon hommes.

Elle avait brusquement très chaud. Carter lui demandait de sortir avec lui…

« Ce n'est que pour aller chez Bloomingdale's. On se calme ! » se sermonna-t-elle.

Pour la première fois de sa vie, Mallory prit conscience qu'elle était, socialement parlant, aussi mal à l'aise que son frère. Sans doute une influence de leur éducation pendant l'enfance… D'un autre côté, ils avaient une maîtrise de l'organisation dont peu de gens pouvaient se vanter. Sauf qu'elle commençait à se demander s'il y avait là de quoi se vanter…

Un quart d'heure plus tard, au rez-de-chaussée de Bloomingdale's, Carter entassait des chaussettes prises au hasard dans la considérable collection que proposait le rayon pour hommes. Unies, à motifs, en laine, en coton… Il donnait libre cours à sa fantaisie.

Sans avoir l'idée de choisir des modèles qui puissent s'apparier en cas d'usure, observa *in petto* Mallory. Elle l'observait d'un œil, tout en hésitant entre un pull à col roulé noir ou un pull à col en V beige pour Malcom.

Lorsque son regard revint sur Carter, il construisait près de la caisse une énorme tour de chaussettes. Alors, elle n'y tint plus. Agrippant le premier pull venu, elle se précipita à son tour à la caisse.

— Carter ?

— Ouais ? Sept, huit, neuf…

— Ce sera tout, mademoiselle ?

Une vendeuse très chic s'était approchée d'elle et lui ôtait le pull des mains.

— Oui, je vous remercie, lui répondit Mallory d'un ton absent.

Faisant glisser sa carte de crédit hors de son étui spécifique, elle reprit :

— Carter ! Si je peux me permettre une suggestion, tu n'as pas besoin d'autant de chaussettes.

Tandis qu'il luttait pour contrôler l'équilibre de la pile, elle imagina qu'il lui répondait « je n'y aurais pas pensé ! » et que son sourire l'enveloppait chaleureusement en la découvrant sous un nouveau jour : la parfaite maîtresse de maison.

Les mains pleines, il se retourna, la dévisagea. Son sourire n'avait rien de spécialement chaleureux. Quant au regard du vendeur près de lui, il était carrément venimeux.

— Selon moi, allégua Carter, il m'en faut une douzaine.

— Pas du tout ! Pas si tu en laves une paire chaque soir.

La fixant avec intensité, il articula lentement :

— Et pourquoi ferais-je une chose pareille ?

— Parce que, bredouilla Mallory. C'est plus… efficace. Cela t'évitera de remporter toutes ces chaussettes dans ta valise. Et de les stocker chez toi par la suite.

— Mais dans ce cas, il faudra que je lave des chaussettes tous les soirs ?

Il s'était rapproché et elle sentait sur sa joue le souffle de chacun de ses mots. Elle acquiesça, luttant pour ne pas baisser les yeux. Elle sentit la voix de Carter résonner dans son corps tandis qu'il se rapprochait encore. Bien qu'elle n'ait pas prévu que la conversation prenne ce tour, elle n'avait nulle envie que cet échange se termine… Il lui fallut déglutir avant de pouvoir poursuivre.

— Compare le prix d'une douzaine de paires de chaussettes avec ce que te coûterait une seule paire à laver.

— Lorsque je sors le soir, continuait Carter, je me change. Ce qui veut dire que je devrais laver deux paires chaque jour ?

— Eh bien, oui…

— Et si elles ne sont pas sèches le lendemain, je fais comment ?

Le visage de Carter était maintenant juste au-dessus du sien. Un visage fascinant, qui allait hanter tous ses rêves, elle en avait bien peur ! Un visage qu'elle mourait d'envie d'embrasser. Les lèvres frémissantes, Mallory s'entendit répondre :

— Elles le seront si tu prends soin de bien les essorer dans une serviette de toilette. Mais si ça t'inquiète vraiment, tu peux en acheter trois paires.

Carter resta un long, long moment à la dévisager, ses yeux bleu nuit plongés dans les siens, sa bouche toute proche de la sienne… puis il se détourna.

— Encaissez-les, ordonna-t-il au vendeur.

Mallory s'effondra intérieurement.

Le vendeur ricana. Du coin de l'œil, elle vit sa propre vendeuse emballer un pull orange vif à rayures bleues. Comment diable avait-elle pu choisir une horreur pareille ? Ça ressemblait au maillot des supporters de l'université de l'Illinois. Son frère allait croire qu'elle avait perdu la tête...

Ce qui, d'ailleurs, était parfaitement exact. De plus, elle avait une nouvelle fois tout gâché avec Carter. Mais comment faire pour qu'il la voie comme une femme ? « Elle n'en avait pas la moindre idée », songea-t-elle en signant le reçu de la Super-Surprise-de-Noël-pour-Malcom, tandis que Carter s'éloignait tranquillement avec son Gros-Sac-à-Chaussettes.

L'humeur de Mallory s'obscurcissait aussi vite que le ciel hivernal en cette fin d'après-midi. Lorsqu'elle rejoignit enfin Carter devant un rayon de chemises horriblement chères, l'entrain qu'il affichait lui flanqua carrément le cafard.

— Mon Dieu ! s'exclama-t-il. Tu as vu ces prix ? Comment croire que des gens dépensent autant pour un simple morceau de tissu ?

Son regard revint brièvement sur une superbe chemise à rayures bleu marine et blanches, puis il avoua :

— Remarque, je l'ai fait, à une époque... Tu en as terminé ici ?

— Oui, répondit Mallory.

Savait-il que cette chemise lui irait à ravir ? Les rayures étaient de la même couleur que ses yeux...

— Et si on fêtait un peu Noël avant de quitter le magasin ?

— Tu veux boire un pot ?

— Mais non ! Je voulais dire, aller à l'étage spécial Noël. J'adore Noël. Pas toi ?

— Si, bien sûr !

Elle voulut prendre l'ascenseur, mais Carter la poussa vers l'escalier roulant.

— Cela va nous prendre plus de temps, ne put-elle s'empêcher de remarquer.

— On verra plus de choses. Allez, viens !

Au bout de quelques instants, il déclara soudain :

— Cette robe t'irait très bien.

Mallory se pencha par-dessus la rampe pour voir de quel vêtement il parlait : un bout de tissu moulant, couleur champagne…

Ils continuaient de monter, pour enfin atteindre un étage plein de senteurs épicées et de sapins surchargés de décorations clinquantes.

Ils flânèrent dans cet univers de rêve, Carter totalement ravi, Mallory s'efforçant de ne pas penser au temps qu'ils perdaient. Puis, Carter acheta une décoration de Noël, et Mallory leva les yeux au ciel en lisant le prix de la babiole. Ce faisant, elle aperçut les boules de gui accrochées au-dessus de chaque porte. Voilà ce qu'elle voulait acheter ! Elle la suspendrait à la porte de sa chambre, et la prochaine fois qu'il hurlerait « Mallory » parce qu'il avait oublié quelque chose, elle ouvrirait, se planterait pile dessous et…

— Le Père Noël est là-bas. Viens ! s'exclama Carter.

Elle le suivit docilement jusqu'à une petite estrade. En les voyant s'approcher, le vieil homme à la barbe blanche et à la robe rouge lança un « Ho-ho-ho » d'une petite voix. Le photographe, assis sur le bord du traîneau, feuilletait un magazine. Dans l'immense salle, les clients — des adultes —, ignoraient leur présence, tout à leurs achats de papier-cadeau, rubans et boules de Noël.

— Le pauvre ne fait pas beaucoup d'affaires, murmura Carter.

— A cette heure-ci, je pense que les enfants sont à l'école. Ou chez la nourrice.

Mallory regarda sa montre. Cette boule de gui l'obsédait vraiment…

— J'en suis malade pour lui ! insista Carter, hochant la tête.

Puis, après un moment d'hésitation :

— Va t'asseoir sur ses genoux. Demande-lui ce que tu veux pour Noël !

— Pas question, protesta Mallory tandis qu'il la poussait du coude. Ne sois pas stupide ! Je ne vais évidemment pas…

— Chiche ?

Dans les yeux indigo brillait une lueur de défi. Mais aussi la certitude qu'elle allait se défiler…

Se montrerait-elle à la hauteur ? Allait-elle s'humilier à faire quelque chose de totalement opposé à sa nature ? Voilà qui attirerait l'attention de Carter, n'est-ce pas ? N'était-ce pas précisément ce qu'elle voulait ?

Sans réfléchir plus, Mallory fonça droit vers le Père Noël et s'assit sur ses genoux. Le hoquet de surprise que proféra Carter lui parut le son le plus agréable du monde. Une fois bien installée sur le velours rouge, elle constata qu'une petite foule amusée se formait autour de lui, et qu'il semblait très troublé.

Très bien. Qu'il se sente mal à l'aise, une seule fois dans sa vie arrogante et pleine de certitudes !

— Ho-ho-ho, chantonna le Père Noël. On a été une petite fille sage cette année ?

— Beaucoup trop sage, même, et c'est bien le problème, répondit Mallory, qui s'interrompit brusquement, consciente qu'elle ne se trouvait pas sur le divan d'un psychanalyste.

— Ho-ho-ho, répéta le Père Noël. Alors, que veut cette si gentille petite fille pour Noël ?

Mallory laissa son regard revenir sur Carter. Le cercle du public s'était élargi, et il paraissait à cran. Et plus sexy que jamais avec ses bras croisés sur sa puissante poitrine, ses sourcils froncés…

Soudain, Mallory sut ce qu'elle voulait. Elle le sut avec la même certitude insolente que Carter. D'ici à Noël, elle ferait en sorte qu'il la voie comme une *femme*, une femme séduisante et irrésistible.

Elle se pencha vers l'oreille du Père Noël et lui chuchota :

— Je le veux, lui ! Pour Noël, je veux Carter !

4.

Toujours perchée sur les genoux du Père Noël, sentant le rouge de la honte l'envahir, Mallory ne s'attendait certes pas à ce qu'il dise :

— Celui qui est là-bas ? Oh, comme je vous comprends…

Drôles de paroles ! Mallory le regarda avec une attention étonnée.

— Vous avez parlé d'un problème, reprit-il en chuchotant. Quel problème ? Vous êtes une belle nana, lui, un beau mec, célibataires tous les deux, je suppose. Et hétérosexuels…

Il soupira. Mallory le considéra avec une attention accrue.

— Non, je ne suis pas une « belle nana », une de ces jolies filles sexy qui l'attirent, lui ! objecta-t-elle en désignant Carter du menton.

— Qui dit ça ? demanda le Père Noël, écarquillant les yeux derrière ses lunettes cerclées.

— Moi ! C'est-à-dire, je sais que je ne le suis pas. Mon chef aussi dit que je ne le suis pas. Et lui…

Du pouce cette fois-ci, elle montra Carter, dont le froncement de sourcils s'accentuait à mesure que leur discussion à voix basse se prolongeait.

— Et lui, il fait comme si je ne l'étais pas non plus. Lorsqu'il me regarde, il voit… le Code civil !

— Je devrais lui apporter des lunettes en guise de cadeau, murmura le curieux Père Noël.

— Non ! Apportez-moi une apparence toute neuve...

Mallory s'interrompit puis précisa :

— Je veux devenir une icône sexuelle. D'ici au 25 décembre.

— Ça alors ! Quelle heureuse coïncidence ! souffla le Père Noël.

— Quoi donc ?

— Je sais exactement à qui vous adresser ! répondit-il avant de sortir de sa poche une carte de visite qu'il tendit à Mallory.

— Appelez ce numéro, chuchota-t-il avant de la congédier d'un enthousiaste : Joyeux Noël !

Mallory fourra la carte dans la poche de son tailleur et descendit de son perchoir, pensant à une plaisanterie.

Carter fut étonnamment silencieux sur le chemin de l'hôtel. Les trottoirs étaient bondés de gens chargés de paquets aux logos de magasins prestigieux. Il se frayait un passage dans la foule, ses cheveux bruns et son manteau marine poudrés de neige, tandis que Mallory tentait de se maintenir à sa hauteur, tout en surprenant les regards des femmes sur lui.

De temps à autre, elle lorgnait furtivement vers son propre paquet. Un pull orange vif... à rayures bleues ! Elle frémit intérieurement. Contrairement à elle, qui avait hérité de la blondeur nordique de sa mère, Malcom tenait de son père un teint mat, des yeux ambrés et une chevelure châtain. Le pull beige à col en V aurait été parfait ! A moins qu'elle puisse échanger le pull...

Où avait-elle mis le ticket de caisse ? Elle entama une fouille discrète du sac. Pas question que Carter se rende compte qu'elle était prête à rendre un pull qu'elle venait juste d'acheter ! Ses doigts gantés rencontrèrent enfin, tout au fond du paquet, un bout de papier. Mallory l'examina, s'étrangla et pila net au coin de la 59ᵉ Rue, bousculée par la foule. Carter, qui avait déjà tourné l'angle, revint sur ses pas.

— Qu'est-ce qu'il y a ? Eh ! Où vas-tu ? cria-t-il alors qu'elle tournait les talons.

— Je retourne chez Bloomingdale's.

Il la fixa un moment avant de lui demander :

— Tu en pinces pour le Père Noël, hein ?

— Peut-être bien…, répondit-elle en clignant des yeux sous les flocons de neige.

— On se retrouve à l'hôtel, lança Carter, les mâchoires serrées.

— Tu seras peut-être ressorti dîner avec Athéna lorsque je rentrerai, alors…

— Qui ça ? Ah, oui ! Athéna…

— Alors on ferait bien de fixer tout de suite notre rendez-vous de demain matin, enchaîna Mallory.

— Phoebe Angell nous attend à 9 heures dans son bureau. On se retrouve pour le petit déjeuner, à 7 h 30 ?

C'était plus un ordre qu'une question.

— Pas de problème. Mais toi, tu seras rentré ?

Ça, *c'était* une question. Carter la fixa une nouvelle fois avant de répondre à son tour :

— Peut-être bien…

Puis il fit un vague geste de salut et prit la direction du Saint-Regis en rejoignant la masse humaine qui remontait la Vᵉ Avenue.

Bousculée par les passants exaspérés, Mallory le regarda s'éloigner d'un pas vif et déterminé, dominant la foule de sa tête brune décoiffée par le vent.

« Pas étonnant qu'elle ait dépensé 425 dollars pour le pull le plus hideux de la terre ! » songea-t-elle. La présence de Carter l'empêchait tout simplement de réfléchir et la rendait incapable du moindre achat raisonnable !

On devrait toujours se tenir au budget établi. Les soucis financiers altèrent sérieusement le sens pratique et…

— La ferme, maman ! marmonna Mallory en se frayant un chemin vers Bloomingdale's.

Après avoir rendu le pull, Mallory se dirigea avec soulagement vers la sortie du magasin, puis ralentit le pas. Elle n'avait aucune envie de retourner à l'hôtel… L'idée d'entendre Carter se préparer pour son rendez-vous avec Athéna la déprimait, tout comme faire semblant de se préparer elle-même pour un rendez-vous imaginaire !

Elle sortit lentement de sa poche la carte que le Père Noël lui avait donnée et lut : « M. Ewing — Coach en personnalité » et dessous, en italique, « *Comment se trouver soi-même en un rien de temps* ».

Mallory fronça les sourcils. Les mots étaient gravés sur un beau bristol. L'adresse indiquait le coin le plus cher de l'Upper East Side. Mais la formule familière « *comment se trouver soi-même en un rien de temps* » tranchait vraiment avec la présentation élégante de la carte. Quelque chose comme « *Soyez la personne que vous souhaitez* » ou « *Découvrez votre potentiel personnel* » n'aurait-il pas été plus approprié ?

Cela dit, un « coach en personnalité » l'aiderait-il à montrer au reste du monde qu'elle était une femme… et qui plus est, une femme passionnée ? Elle avait besoin d'aide… Si M. Ewing s'avérait être un charlatan, elle aurait perdu quelques centaines de dollars… qu'elle venait d'économiser en rendant ce pull immonde ! Sans réfléchir plus avant, Mallory composa sur son portable le numéro figurant sur la carte.

— Agence Ewing, bonsoir, roucoula une voix masculine au bout du fil. Richard Gifford à votre service. Que puis-je pour vous ?

Au moins, la voix collait avec la carte, et avec l'adresse…

— Je voudrais prendre rendez-vous. A condition que M. ou Mme Ewing reçoive en fin de journée, car c'est ma seule disponibilité, précisa-t-elle d'un ton professionnel.

— Mme Ewing reçoit ses clients à l'heure qui leur convient.

Il y eut un petit silence. Manifestement, Richard consultait un agenda.

— En soirée, je ne peux rien vous proposer avant le 9 février, dit-il enfin. Voulez-vous que je…

— Je suis désolée, mais je ne suis que de passage, et…

— Qui vous a donné nos coordonnées ?

L'intérêt de l'homme semblait s'être éveillé. La réponse de Mallory fusa.

— Le Père Noël !

— Ah, très bien ! Ecoutez, un rendez-vous vient juste d'être annulé. Mme Ewing peut vous recevoir ce soir, dès maintenant, si vous le souhaitez. Combien de temps vous faut-il pour venir ?

Mallory se sentait partagée entre l'euphorie et une vague impression d'escroquerie… Mais pas question de se défiler maintenant que sa décision était prise !

Elle réfléchit en regardant sa montre. Dix minutes devraient lui suffire, l'adresse était toute proche.

— J'arriverai vers 19 heures.

Impossible de reculer maintenant ! Mallory se dirigea vers la sortie, puis pila net, pivota et se rua vers le rayon pour hommes. Quelques minutes plus tard, elle avait déboursé 165 dollars pour une chemise à rayures bleu marine et blanches, taille XL.

Et elle avait également dépensé sept des dix minutes qu'il lui fallait pour arriver chez le coach !

La ponctualité est l'une des clés de la réussite. Arrivez à l'heure que vous avez annoncée tout en prévoyant une marge pour la circulation, qui est quelque chose que vous ne pourrez pas maîtriser...

« Maman ! » maugréa-t-elle intérieurement en jetant distraitement sa carte de crédit au fond de son sac.

Peu après, elle s'arrêtait devant un magnifique hôtel particulier de style Art Déco. Mallory s'avança vers l'énorme porte. Il n'y avait là ni sonnette ni Interphone. Apparemment, il fallait frapper avec le heurtoir, une étrange chose oblongue en cuivre qui reposait sur deux boules, en cuivre également. Mallory souleva l'objet et le cogna par deux fois. La porte s'ouvrit sur un homme au sourire radieux.

— Entrez donc ! Mme Ewing va vous recevoir tout de suite. Donnez-moi votre manteau.

— Merci, mais je...

— Veuillez me suivre, je vous prie.

Mallory capitula et le suivit sur le sol en marbre d'une immense entrée qu'éclairait un lustre étincelant, dépassa un escalier majestueux et quelques meubles dignes d'un musée, pour arriver devant une splendide porte à double battant, que Richard ouvrit tout entière en annonçant :

— Voici Mlle Trent.

— Bonsoir, mon chou, dit une voix. Venez vous asseoir par ici.

Un simple regard à la personne qui venait de parler suffit pour que Mallory ait la certitude de s'être trompée d'adresse. Elle fit volte-face mais Richard l'arrêta dans son élan et la poussa à l'intérieur de la pièce.

— En fait, bredouilla-t-elle, je ne suis pas sûre que ce soit le bon moment dans ma vie pour faire cette démarche, je suis vraiment débordée...

— Au contraire, ma jolie ! J'ai l'impression qu'il était vraiment temps ! rétorqua Mme Ewing d'une voix traînante. Une chaise, Dickie !

Mallory s'approcha avec réticence du siège qu'on lui désignait. Elle se retrouva assise devant un bureau, curieux assemblage de bois et de corne, surmonté d'une plaque en pierre. « Quel design extravagant ! » songea-t-elle en observant la femme qui était assise derrière. Celle-ci lui paraissait tout aussi extravagante. Elle était de très petite taille, mais sa chevelure blonde savamment décoiffée à coups de gel lui donnait 10 cm de plus. Son visage était fin, presque anguleux, avec d'immenses yeux bleus qui, à la grande surprise de Mallory, pétillaient d'intelligence. Et, tranchant sur sa peau très bronzée, ses lèvres minces dessinaient un immense sourire rose vif. Son âge était impossible à déterminer. Elle portait une veste noire, très simple mais très bien coupée, et de toute évidence coûteuse. Dessous, un T-shirt dont on ne voyait que le col à motif léopard. En somme, conclut Mallory, le personnage, haut en couleurs, présentait autant de contrastes que sa carte de visite… Seigneur ! Où était-elle tombée ?

Mue par une brusque détermination, elle se prépara à l'action. Mais d'abord, empêcher cette créature de deviner son intention de fuir cet endroit au plus vite. Elle plaça ses chaussures en position de départ puis dit :

— Quel meuble intéressant, madame Ewing !

— Appelez-moi Maybelle, mon chou, et détendez-vous un peu ! On dirait que vous allez courir le marathon ! Alors, mon bureau vous plaît ? Original, hein ? J'adore ces jeunes créateurs ! Un café ?

Penaude, Mallory hésita un instant avant d'accepter un décaféiné. Richard, *alias* Dickie, s'éclipsa aussitôt.

— Ah ! Vous aussi, la caféine vous fait peur ! Plus personne ne boit de vrai café, de nos jours ! soupira Maybelle.

— Combien demandez-vous pour vos services ? s'enquit Mallory.

— Pas besoin de parler de ça pour le moment ! objecta l'étrange femme dans un grand geste de sa main ornée de diamants.

Quelqu'un s'éclaircit la gorge derrière Mallory. Richard, de retour, vint se placer près de Maybelle, tel un garde du corps.

— Madame Ewing prend cent dollars de l'heure et préfère rencontrer ses nouveaux clients une fois par jour pendant la première semaine, puis progressivement moins souvent les semaines suivantes, psalmodia-t-il comme un discours enregistré. Elle vous recevra à 19 heures chaque soir, et à 16 heures le week-end. Les honoraires complets s'élèvent habituellement à deux mille dollars. Sucre ou lait ?

Il contourna le bureau et lui présenta le plateau d'argent qu'il n'avait pas lâché pendant tout son numéro.

— Noir, merci.

Mais il y avait encore autre chose que Mallory désirait savoir.

— Quelle sorte de formation avez-vous suivie pour pouvoir exercer ? demanda-t-elle d'un ton qu'elle s'efforça de rendre aimable.

— Formation ? Quelle formation ? répondit Maybelle en gloussant. Ne vous en faites pas pour ça, mon chou. Venez voir tous mes diplômes !

Elle pointa du pouce le mur derrière elle tandis que Richard se glissait de nouveau hors de la pièce.

Mallory souleva une exquise tasse en porcelaine de Chine et dirigea son regard vers le mur en question. Il était entièrement recouvert de diplômes richement encadrés.

Elle plissa les yeux. Faciles à falsifier ! Cette femme n'hésiterait pas une seconde à acheter des diplômes au mètre carré, elle en avait la certitude.

— Et puis, poursuivait Maybelle en se levant, vous n'avez qu'à me regarder !

C'était bien là le problème ! Mallory était *justement* en train de la regarder ! L'extravagante personne ne mesurait pas plus d'un mètre cinquante, et, en plus de l'élégante veste noire, était revêtue d'un jean délavé, sur des bottes de cow-boy incrustées de fleurs jaune et rouge… Cela dit, Mallory devait admettre que la mise de Maybelle, si bizarre soit-elle, correspondait à sa personnalité, et que l'ensemble ne manquait pas d'allure… Mais jamais elle-même n'oserait porter une tenue pareille !

Après un moment d'hésitation, elle se leva à son tour et, sans lâcher sa tasse, rejoignit Mme Ewing devant le mur.

La plupart des diplômes accrochés venaient d'établissements de cours par correspondance et validaient ses très brillantes études dans une incroyable variété de matières, des mathématiques à la poterie.

Maybelle les balaya d'un nouveau revers de main. Les énormes diamants de ses bagues lancèrent des éclairs dans toute la pièce, puis elle dit doucement :

— Je les ai passés pour me distraire, après la mort d'Hadley. Mon mari…

— Je suis vraiment désolée…, balbutia Mallory.

— Moi aussi, je l'étais, si vous saviez ! Et puis je m'ennuyais tellement sans lui… Comme je ne savais pas quoi faire, je me suis occupée, et comme cela me faisait du bien, j'ai continué, voilà…

Elle se déplaça le long du mur, suivie d'une Mallory stupéfaite. Il y avait là, parmi des diplômes en caractères chinois, un certificat issu d'une prestigieuse école d'architecture intérieure.

— Vous êtes décoratrice ? demanda Mallory en lançant un coup d'œil vers le bureau.

— Ah oui ! C'était le plus chouette à passer, celui-là !

— Et fort lucratif, j'imagine…, murmura Mallory, tentant d'imaginer une maison décorée par cette femme.

— Oh ! L'argent ne m'intéresse pas plus que ça ! Mais je m'ennuie vite, alors après j'ai passé un doctorat en psychologie pathologique…

Malgré elle, Mallory laissa tomber un peu de café sur son unique pantalon noir, tandis que Maybelle poursuivait :

— Et ensuite, un mastère de gestion, pour comprendre un peu le monde des affaires !

Le doctorat venait de Johns Hopkins, le mastère de l'université de New York… Rien que ça !

— Vous avez dit que vous étiez dans quelle branche, déjà ? interrogea Maybelle.

Mallory répondit humblement :

— Je suis avocate.

— Ah ! Je passerais bien une licence de droit, un de ces jours, déclara Maybelle. Le partenaire de Dickie habite ici avec lui. Eh bien, il est embarqué dans un énorme procès et croyez-moi, l'avocate qui s'en occupe va rudement bien s'en sortir…

Cette remarque éveilla l'attention de Mallory.

— Ah bon ? Quel genre de procès ? demanda-t-elle.

Maybelle retourna s'asseoir derrière son bureau.

— Un truc fou ! Comme il est mordu de show-biz, il voulait passer une audition, mais l'annonce exigeait un homme aux cheveux roux, alors il a décidé de se teindre…

Maybelle s'interrompit pour ôter sa veste, tandis que Mallory s'effondrait sur sa chaise en songeant : « Ce n'est pas possible ! ».

— … et tenez-vous bien, il s'est retrouvé avec les cheveux *verts* !

— Non ! s'exclama Mallory.

— Mais si ! rétorqua Maybelle, se méprenant sur sa réponse spontanée.

Mallory demeura un instant silencieuse. « Que faire ? » s'interrogea-t-elle. Rentrer à l'hôtel et se souvenir de cette soirée comme d'une expérience intéressante ? D'accord, cette femme était sans doute folle à lier, mais elle avait tous ces diplômes sur le mur et elle avait aussi ce regard plein d'intelligence. Pourquoi saurait-elle que Mallory travaillait pour la partie adverse dans le procès intenté par le partenaire de Dickie ? Si Maybelle elle-même était impliquée dans le dossier, ce serait différent, mais en l'occurrence…

La voix traînante de Maybelle interrompit ses scrupules.

— Je bavarde, je bavarde, alors que vous êtes venue chercher de l'aide. Mon petit doigt me dit que c'est pour attraper un homme… Joli projet !

Maybelle s'arrêta pour la scruter de la tête aux pieds avant de reprendre :

— Vous êtes super mignonne, vous avez l'air futée, qu'est-ce que vous voulez changer exactement ?

« C'est maintenant ou jamais ! » se dit Mallory. Elle murmura :

— Moi. Je veux me changer, moi, complètement, au-dedans.

5.

— Ce mariage était vraiment tordant ! racontait Athéna à Carter. Il m'a fallu rivaliser avec tous ces snobinards européens que la princesse fréquente. Je savais qu'aucun styliste au monde ne les impressionnerait, alors je suis allée acheter des kilomètres de coupons de soie dans toutes les couleurs, et ensuite…

« Elle s'est peut-être fait faire une lipo, et ils lui ont enlevé le cerveau en même temps que le gras », songeait Carter en s'efforçant de sourire à la somptueuse créature assise en face de lui, au restaurant Chez Bernardin.

Athéna mesurait un mètre quatre-vingts et lui semblait encore plus mince que la dernière fois. Le dîner qu'elle ne mangeait pas allait lui coûter 250 dollars, au bas mot !

— … à l'Institut de la mode, et il les a tout simplement enroulés autour de mon corps, comme une toge, tu vois ?

Carter tenta de s'imaginer ayant ce type de conversation avec Mallory, mais ce fut peine perdue. Cela étant, Mallory et lui avaient eu une conversation à propos de *chaussettes*. Elle s'était mêlée de ses affaires, comme si elle savait mieux que lui le nombre de paires dont il avait besoin ! Et lui, planté devant elle, plutôt agacé par cette attitude de moi-je-sais-tout chipoteuse, avait été submergé par une invraisemblable envie de l'embrasser. Plus il s'approchait d'elle, plus cette envie grandissait… Il avait eu un mal fou à s'empêcher de prendre sa bouche, là, devant tout le monde !

Ensuite, il s'était de nouveau senti fort troublé lors de cette longue conversation à voix basse entre Mallory et le Père Noël ! De quoi pouvaient-ils bien parler, bon sang ? Est-ce que le conducteur de traîneau l'avait invitée à dîner ? ! A cette pensée, Carter se redressa brutalement sur sa chaise. Le Père Noël était censé être fidèle à la Mère Noël, non ? Il fronça les sourcils tandis qu'Athéna poursuivait :

— … Lorsque Simonetta, cette bimbo anorexique, m'a vue, elle s'est précipitée vers moi en me demandant « mais d'où sort cette robe diviiiine ? »

— Un dessert ? la coupa Carter, espérant que sa voix ne trahissait pas son désespoir.

— Attends, je finis de te raconter… Alors je lui ai dit que j'avais découvert un tout nouveau styliste, mais que je n'allais en parler à personne avant d'être absolument certaine qu'il me soit totalement dévoué, tu comprends ?

— Non, je ne comprends pas, répondit Carter qui jeta un œil discret à sa montre.

Athéna imprima alors une moue sévère à sa bouche savamment peinte et se mit à marteler le sol de ses vertigineux talons aiguilles. Elle articula d'une voix brusquement éraillée :

— Mais c'est pourtant simple ! Il n'y avait *pas* de styliste. Juste un étudiant de l'Institut de la mode ! C'est ça, l'histoire ! J'ai fait un truc vraiment super-créatif, Simonetta en a bouffé de rage ses bas griffés en dentelle, et toi, tu n'écoutes même pas ce que je te dis !

— Mais si, je t'écoute ! protesta Carter. Il t'a emballée comme une toge. Je veux dire, il t'a enveloppée dans les tissus que tu avais achetés comme dans une toge multicolore.

— J'étais sublime, dit Athéna dont la voix monta d'un cran. Je *suis* sublime. Et tu ne m'accordes pas la moindre attention !

Elle se leva et enchaîna :

— Je ne mangerai pas ton dessert ! Je vais au Fressen Bar, rejoindre Fernando. Il m'accorde son attention, lui !

Puis, parcourant d'un regard méprisant la tenue de Carter, elle décocha sa dernière flèche :

— Et il s'habille en Armani !

Après le départ d'Athéna, Carter appela le serveur pour régler l'addition et se rendit compte qu'il avait toujours aussi faim. Leur dîner, maintenant qu'il y repensait, avait essentiellement consisté en une jolie superposition d'assiettes dans lesquelles deux brins de verdure se battaient en duel. Sur le chemin de l'hôtel, il s'arrêta dans un fast-food pour dévorer un double Cheese Burger relevé d'une tonne de moutarde grâce aux dosettes dont il avait rempli ses poches.

La soirée lui avait au moins appris qu'Athéna n'était pas la femme de sa vie, songea-t-il en marchant.

Mais Bérénice, en revanche, voilà une fille bosseuse, raisonnable : elle vendait des titres à la Bourse de Wall Street. Ils dîneraient tout bonnement d'un steak, qu'elle commanderait bleu. La prochaine soirée se passerait mieux…

Et celle de Mallory, bon sang, comment se passait-elle ! Avec qui pouvait-elle bien sortir ce soir ? Un parent ? Un ami ?

Mallory se trouvait dans sa chambre, à l'hôtel. Bien que Maybelle ait insisté pour qu'elle porte la veste rouge de Carole le lendemain, elle rechignait encore à cette idée… Ce vêtement était trop sexy dans le cadre du travail, avait-elle plaidé. Mais elle achèterait quelque chose de moins voyant dans un jour ou deux, promis.

En attendant, puisqu'elle avait dit à Carter qu'elle sortait, autant faire comme si elle venait de rentrer, au cas où il arriverait inopinément ! Mallory troqua donc son pantalon noir contre sa jupe noire, son top noir contre son top blanc, et remit sa veste par-dessus. Elle travaillait dans le salon, en suivant vaguement un film à la télévision, lorsqu'elle entendit le déclic de la serrure. Levant les yeux vers la porte, elle s'exclama :

— Carter ! Tu rentres bien tôt !

Le simple fait de le voir suffisait pour que son cœur s'emballe...

— Tu es rentrée avant moi, on dirait ! rétorqua-t-il, lui jetant un regard furibond. Tu as passé une bonne soirée ?

— Géniale ! répondit-elle avec un sourire qu'elle espérait convaincant. Mais j'avais besoin de réfléchir sur le dossier.

— Moi aussi. Je prends mes affaires et je vais travailler.

« Il semble vraiment grognon », se dit Mallory.

Elle bondit sur ses pieds et proposa :

— Tu peux travailler ici. C'est moi qui vais aller dans ma chambre. Comme je pensais que tu ne...

— Eh bien, tu vois, je suis rentré, d'accord ? Et, toi, reste où tu es.

— Mais non, je peux très bien...

Devant l'air impatient de Carter, elle décida de laisser tomber. Il claqua sa porte et un grand silence tomba sur la suite.

Mallory baissa le volume de la télévision et retourna à la lecture du dossier « Petit pois ». A son avis, les dédommagements que Sensuous avait initialement proposés aux plaignants teints en vert étaient extrêmement généreux ! Mais Me Angell n'en avait pas moins vu là une magnifique affaire, et après avoir réuni les plaignants, les avait convaincus qu'être verts pouvait rapporter des millions. En fait, comme l'avait souligné Maybelle, c'est Mlle Angell elle-même qui empocherait des millions à l'issue du procès... Ces avocats, tous les mêmes !

« Mais elle-même était avocate ! » se sermonna-t-elle. Qu'est-ce qui lui prenait de critiquer une consœur ? Personnellement, elle n'aurait pas fait une telle démarche, voilà tout, et Carter certainement non plus. Quoique… comment pouvait-elle savoir ce que Carter ferait ou non ?

En tout cas, il n'avait pas apprécié sa soirée avec Athéna au point de passer la nuit avec elle… ce qui était très plaisant à constater ! En outre, il s'était montré fort curieux à propos de *sa* soirée à elle… ce qui était encore plus excitant !

Baissant les yeux, Mallory étudia son apparence. Oui, Maybelle avait peut-être raison… Avec des vêtements pareils, comment croire qu'elle était capable de faire une rencontre excitante, torride, avec qui que ce soit ? On aurait dit une directrice d'école maternelle ! D'accord, mais cette veste rouge de Carole était quand même un peu trop…

— Mallory !

L'appel venait de la chambre de Carter qui en ouvrit brutalement la porte.

— Tu as un exemplaire de « Lindon contre Hanson », tu sais, cette autre affaire de cheveux teints ?

Mallory chercha le dossier dans sa mallette. Avec ses pieds nus et sa chemise grande ouverte, sa tignasse ébouriffée et son air ensommeillé, Carter était… terriblement désirable. Lorsque, troublée, elle sortit le document, une demi-douzaine de feuilles s'éparpillèrent sur le sol.

Carter les ramassa de sa grande main en ronchonnant :

— J'avais demandé à Brenda de me le copier sur le portable, mais elle a dû oublier. Je trouve que plus personne ne fait les choses correctement, maintenant. Les gens se contentent du minimum et basta… C'est quoi, ça ?

En voyant ce qu'il tenait à la main, Mallory se sentit à la fois horriblement gênée et surprise dans son intimité.

— Ah, c'est, euh, comment dire ? Ma liste de bagages, mon planning vestimentaire, si tu veux. Tiens, voilà ce que tu m'as…

— Alors, voilà ton secret pour voyager avec juste une mini-valise ! la coupa Carter. Voyons voir… Mardi, pantalon noir, top noir, veste noire. Mercredi, jupe noire, top blanc, veste noire. Jeudi, vendredi, lundi…

Il leva ses sourcils de manière suggestive et ajouta :

— Le week-end, tu te balades toute nue ?

Mallory pinça la bouche afin qu'il ne voie pas ses lèvres trembler.

— Non, pas en hiver. Je mets le pantalon noir avec un pull. Rends-moi ça !

Il esquiva sa main tendue et poursuivit :

— Lundi, mardi, mercredi, jeudi, vendredi : veste noire. Eh bien, cette veste est rudement performante !

— Une veste noire suffit, pas la peine d'emporter plus, répliqua-t-elle en le regardant froidement.

— Et s'il lui arrive quelque chose ?

— Sur une veste de laine noire, rien ne résiste à un peu d'eau tiède.

— Rien, vraiment ?

— Si c'est le cas, tu l'envoies en nettoyage express.

Carter lui lança un regard aigu et insista :

— Et si c'est une tache trop importante pour un nettoyage express ? Ou bien, par exemple, si ça arrive *maintenant*, à cette heure-ci ? Sincèrement, tu crois que l'hôtel pourra te dépanner et que tu récupéreras ta veste demain matin ?

— Eh bien, non, peut-être pas, mais qu'est-ce qui pourrait arriver *juste maintenant* ?

Carter farfouillait dans ses poches, ce qui, elle ne savait pas pourquoi, la rendit nerveuse.

— Oh, quelque chose comme ça, par exemple !

D'un seul geste, il déchira le coin d'un petit étui de plastique sorti de sa poche et le brandit vers elle. De grosses gouttes de matière jaunâtre s'écrasèrent sur la veste en question. Elle toucha la substance, la sentit et s'écria :

— Mais tu es fou, c'est de la moutarde !

Il lui adressa un sourire mauvais.

— Exact. Et maintenant, tu fais quoi ?

— Je vais dans ma chambre, répondit-elle d'un ton glacé.

Ce qu'elle fit. Puis, une fois la porte claquée, examina les dégâts. Elle parviendrait sûrement à nettoyer elle-même les quelques taches sur la jupe ; sinon, elle remettrait le pantalon noir, bien qu'il sente vaguement le café qu'elle y avait renversé dans le bureau de Maybelle... Mais la veste, prévue pour être portée chaque jour, était fichue, et sentait le hot dog !

Mallory posa sa tête entre les mains. Finalement, elle allait devoir porter la veste rouge...

Le lendemain matin, Carter ouvrit la porte de sa chambre avec méfiance. De son côté, Mallory quittait la sienne avec le regard de qui craint une embuscade. Ils se rencontrèrent au milieu du salon et se dévisagèrent comme deux boxeurs face à face sur un ring.

Mallory était en rouge. Carter s'éclaircit la gorge avant d'articuler :

— Tu avais autre chose à te mettre, en fait !

— Heureusement ! répliqua Mallory en brandissant la veste noire sous son nez.

« Elle faisait tout un plat de cette affaire, songea Carter, ce qui ne l'étonnait pas d'elle, mais bon sang !, il avait bien fait de salir sa veste noire ! » Car, quel canon en rouge ! Un petit lot sacrément bien roulé et drôlement sexy, qui enflammait l'imagination, et pas que l'imagination, d'ailleurs ! Il mourait d'envie de lui sauter dessus ! Il devait penser à autre chose, vite !

— Donne-moi ça ! dit-il en lui prenant la veste.

Il fourra le vêtement dans le sac à blanchissage de l'hôtel, puis le déposa devant la porte.

— Tu l'auras ce soir, et la note sera pour moi, bien entendu, ajouta-t-il.

Après avoir réglé ce souci d'ordre pratique, il se sentit un peu plus maître de lui-même. Et un peu plus idiot aussi, tandis que Mallory l'observait en silence.

— Pourquoi as-tu fait une chose pareille, finit-elle par demander.

— Je ne sais pas ! Le diable a guidé ma main, peut-être ?

— Et pourquoi avais-tu de la moutarde dans la poche ? Tu as invité Athéna au McDonald's ?

— Pas du tout, protesta-t-il. Athéna et moi avons dégusté du poisson cru hors de prix. Ensuite je me suis offert un hamburger.

— Ah bon !

Mallory se dirigea vers la porte. Avant de sortir, elle se retourna vers lui :

— Au fait, merci d'avoir fait servir du café dans ma chambre au réveil !

— Je t'en prie ! Je pensais que ça nous aiderait à bien démarrer la journée…

Pensif, Carter la suivit vers l'ascenseur, traînant les pieds comme un petit garçon pris en faute. Comment l'idée puérile de l'asperger de moutarde avait-elle bien pu lui traverser l'esprit ? Comment justifier pareil comportement ? Il est vrai que retrouver Mallory impeccablement habillée, en train de *travailler*, alors que lui, il avait enduré deux heures durant le bavardage superficiel d'Athéna, l'avait passablement irrité ! Fallait-il toujours qu'elle ait un point d'avance sur lui ? Sa mauvaise humeur, conjuguée à l'effet qu'elle produisait sur lui, le faisait retomber en enfance…

Tout en ruminant ces pensées, les yeux rivés sur Mallory qui marchait devant lui, Carter fit une découverte de taille : elle avait les fesses les plus rondes, les plus adorables qu'un homme puisse espérer chez une femme ! Se retournant brusquement, elle le surprit, louchant sur son derrière, bien qu'il ait relevé la tête très vite. Elle rougit et lui lança un regard noir. Ses propres oreilles en feu, Carter s'efforça de prendre un air désinvolte.

« Bravo, continue comme ça, et tu peux être sûr qu'elle te respectera ! »

Tout ce qu'il avait obtenu jusqu'à maintenant, c'était que Mallory paraisse un peu moins respectable, dans cette veste rouge si sexy ! Qui laissait voir ses jolies fesses…

Dans le hall leur parvinrent des odeurs d'œufs au bacon et des sons de couverts en argent. Carter décida de s'octroyer un gigantesque petit déjeuner.

Ça irait sûrement mieux quand elle serait assise… à condition qu'il puisse arracher son regard de sa gorge. De ses seins à la courbe parfaite, émergeant de la veste ajustée. « Dieu merci ! songea-t-il, elle portait en dessous un de ces trucs qu'elle appelait un "top" ! »

Des vagues de désir le brûlaient déjà, et on n'en était qu'au petit déjeuner… Il devait s'empêcher de la toucher, sinon elle le respecterait encore moins ! Il serait inflexible. Fort. Il y arriverait. Il devait y arriver.

— Mademoiselle Angell ? Je suis Carter Compton, dit-il un peu plus tard, tendant la main à l'avocate de la partie adverse.

Mallory tendit la main à son tour.

— Mallory Trent. Je suis ravie de vous voir enfin après toutes ces conversations télépho…

Mallory s'interrompit. Phoebe Angell n'avait pas lâché la main de Carter et semblait sur le point de se liquéfier littéralement à ses pieds.

Bien qu'elle soit aussi grande que Mallory, leur ressemblance s'arrêtait là. Sous la coiffure hérissée de ses cheveux aile de corbeau, coupés court, une lueur agressive habitait ses yeux noirs, que soulignaient un teint très pâle et un maquillage vert métallique. Elle portait une jupe de cuir noir, suffisamment courte pour lui valoir la radiation si elle avait exercé au barreau de Chicago, mais, bizarrement, surmontée d'un chemisier blanc impeccable. Ses chaussures étaient rouges, extrêmement pointues, à très hauts talons. En un mot, Phoebe Angell était spectaculaire.

Mallory supposait qu'elle pouvait se permettre ce look parce qu'elle travaillait avec son père. Le cabinet Angell & Angell occupait des bureaux luxueux dans un quartier très chic. Mallory se demanda ce qui poussait Phoebe Angell à vouloir l'emporter à tout prix dans l'affaire « Petit pois »…

La jeune avocate les avait reçus dans son bureau. Un immense tableau représentant Alphonse Angell occupait tout le mur en face de la table de travail. Cet homme à l'allure impressionnante, qui ne se donnait même pas la peine de sourire sur son portrait, avait un regard froid et scrutateur. « Ça ne devait pas être facile de travailler avec lui », se dit Mallory avec un brusque élan de sympathie pour Phoebe, qu'elle réprima aussitôt en constatant que celle-ci était toujours pendue à la main de Carter.

Il sembla à Mallory que Carter s'efforçait de récupérer sa main et affichait un sourire totalement impersonnel ! Prenait-elle ses désirs pour des réalités ?

— Merci infiniment de nous prêter votre salle de réunion pour recevoir les témoignages ! dit Mallory d'un ton sec, renonçant pour sa part à serrer la main de leur adversaire.

— Comment ? Ah, oui…, répondit rêveusement Phoebe.

Elle libéra la main de Carter, et se reprit remarquablement rapidement, les guidant vers la salle en question, un peu plus loin dans le couloir.

— Comme les plaignants habitent la région, il nous a paru tellement plus logique de les interroger ici ! commenta-t-elle. La teinture verte se trouvait dans le lot numéro 12867, qui a été distribué dans le New Jersey.

Mallory la fixa froidement. Ils connaissaient le dossier, oui, merci ! Prête à riposter sèchement, un coup de coude de Carter, sans doute donné par inadvertance, l'incita à demander plutôt :

— Votre père va-t-il participer au dossier ?

— Père est sur une très grosse affaire à Minneapolis, répondit Phoebe d'une voix glacée. Il sera donc absent, mais je l'aurai souvent au téléphone, bien entendu ! Ce dossier l'intéresse énormément.

Carter, pendant ce temps, avait vidé le contenu de sa mallette sur la table.

— Ce matin, c'est le témoignage de Tammy Sue Teeze que nous recueillons, n'est-ce pas ? s'enquit-il.

— Absolument, acquiesça Phoebe. Elle sera là d'un instant à l'autre. La greffière et le cameraman sont déjà arrivés. J'ai fait préparer café et viennoiseries pour ce matin, sandwichs et gâteaux pour cet après-midi. Quant à Kevin Knightson, il sera à votre disposition dès 13 heures. Autre chose ?

— Non, ça devrait aller ! affirma Carter. On va s'installer, d'accord ?

— Si vous avez besoin de quoi que ce soit avant l'arrivée de Tammy Sue, n'hésitez pas, surtout…, insista Phoebe en s'appuyant lascivement à la porte avant de disparaître enfin.

— Séjour à l'œil…, maugréa Mallory.

— Une vraie Veuve Noire ! murmura Carter. Elle a dû manipuler les plaignants comme de la pâte à modeler…

— Comme de l'argile, tu veux dire. Ils sont verts.

— Très drôle ! répliqua-t-il, sans aucune trace d'amusement dans la voix. Bon, alors, je vais placer le témoin en bout de table et moi, je vais m'asseoir sur le côté, toi, tu te mettras à ma gauche. La greffière qui a demandé une petite table a, ici. Le cameraman s'installera à l'autre extrémité, bien en face du témoin, et la Veuve Noire n'aura qu'à s'asseoir près de son client. Qu'est-ce que tu penses de sa jupe ? Je ne te vois pas te balader avec une jupe pareille…

« Ah oui ? Eh bien, prépare-toi à une surprise, mon vieux… » rétorqua Mallory mentalement. Puis, elle se rendit compte quelle idée folle venait de traverser son esprit. Allait-elle réellement suivre les conseils de Maybelle et s'attifer autrement pour attirer l'attention de Carter ?

« Il semblait complètement subjugué par ses fesses, ce matin… », songea-t-elle. Son corps vibra douloureusement en pensant à l'éclat brûlant des yeux de Carter lorsqu'elle l'avait surpris la regardant. Et comment avait-elle réagi ? En devenant rouge comme une tomate !

Décidément, même si elle peaufinait son apparence extérieure, il lui resterait à travailler l'intérieur… En attendant, elle glissa discrètement la main sous sa veste et entreprit d'enrouler la ceinture de sa jupe pour la raccourcir un peu.

— Tammy Sue Teeze, tu crois que c'est son vrai nom ? demanda-t-elle à Carter pour faire diversion.

— La question figure sur ma liste, en tout cas.

Puis, après avoir vérifié que le cameraman et la greffière étaient prêts, il demanda à faire entrer leur premier témoin.

Phoebe arriva en compagnie d'une femme qui était sans doute moins jeune qu'elle ne s'en donnait l'air ; une jupe encore plus courte que celle de son avocate et un blouson de moto bardé de fermetures Eclair, constituaient sa tenue. Une étrange nuance verte recouvrait la pointe de ses boucles courtes. Peut-être parce que le reste des cheveux, entièrement décolorés, avait déjà repoussé ?

— Salut ! dit la nouvelle venue.

Après une pose pour le cameraman, elle s'assit puis exhiba des ongles rouges au centre et verts sur le pourtour.

— Bonjour, mademoiselle Teeze, commença Carter la voix étranglée.

Bon sang, il allait éclater de rire ! Il lança un regard désespéré à Mallory qui fronça sévèrement les sourcils.

— Vous n'êtes pas au tribunal, poursuivit-il un peu calmé. Nous sommes réunis ici pour trouver une solution équitable à un problème délicat. Essayez de vous détendre.

Mais il était difficile d'être plus détendue que Tammy Sue, affalée sur sa chaise, faisant des bulles avec son chewing-gum... Carter lui demanda de décliner son identité.

— Comme j'ai dit, Tammy Sue Teeze.

— C'est votre vrai nom ?

La bouche rouge dessina une moue.

— Non.

— Quel est votre vrai nom ?

— Kimberly.

— Kimberly comment ?

— Kimberly Johnson.

— Que faites-vous dans la vie, Kimberly ?

— Je peux poser une question à mon avocate ?

— Bien entendu !

Pendant que des murmures s'élevaient à l'autre bout de la table, Carter attrapa son stylo et commença à le faire rouler pensivement entre ses doigts. Zut ! Il s'était promis d'arrêter ce tic !

— Des services, reprit doucement Tammy Sue. Des services particuliers.

— Profession : services particuliers. C'est en effet ce que vous avez déclaré précédemment, souligna Carter. Mais je voudrais que vous m'expliquiez précisément en quoi consistent vos prestations. Vous comprenez ma question ?

Tammy hocha la tête et réfléchit un moment.

— Disons que c'est la nature de mes prestations qui est particulière.

Elle envoya un large sourire au cameraman.

— Tâchez d'être plus précise, c'est important ! insista Carter qu'une certaine irritation gagnait.

Pourquoi cette fille restait-elle si évasive sur son métier ?

— Non, ça ne l'est pas ! répondit Phoebe à la place de Tammy.

— Mais si, ça l'est ! répéta Carter. Vous êtes quoi, Tammy Sue ? Infirmière, coach personnelle, femme de ménage, manucure ?

— Objection ! coupa Phoebe. Cette question n'est pas pertinente.

A ce moment, Mallory intervint d'une voix très calme :

— Carter ? Peut-être pourrions-nous simplement dire que Tammy est « hôtesse » ?

Carter se traita mentalement de crétin.

— Parfait ! reprit-il. Domicile ? Ou devons-nous éviter également cette question ?

— J'habite au 455 sur la 18e Rue, répondit fièrement Tammy, avant de poursuivre, le menton soudain tremblant :

— Et j'espère que je vais pouvoir continuer à y habiter. Presque toutes mes économies sont passées dans le loyer ce printemps, quand je ne pouvais pas travailler à cause de mes cheveux…

Deux heures plus tard, Carter n'avait plus du tout envie de rire. Il avait épuisé sa liste de questions neutres : Tammy avait-elle bien suivi les instructions du mode d'emploi ? Oui, au pied de la lettre. Avait-elle porté des gants ? Non, la teinture coulait à l'intérieur. Avait-elle auparavant testé le produit sur une mèche, comme on le recommandait ? Non, car elle utilisait cette nuance de la gamme Sensuous depuis des années, sans jamais avoir eu de problèmes.

Le temps était venu de poser les questions ayant trait à son niveau de vie :

— Combien de temps êtes-vous restée sans pouvoir… trouver de clients ? demanda-t-il nerveusement. Combien demandez-vous par, euh… prestation ? Et combien de prestations faites-vous en moyenne par… jour ?

— Objection ! coupa de nouveau Phoebe avec fureur.

— Madamoiselle Angell, rétorqua Carter, vous savez aussi bien que moi qu'il est impossible d'estimer le montant des dédommagements si l'on ne chiffre pas les pertes.

— Nous réservons notre réponse pour plus tard, déclara-t-elle après un moment.

— D'accord, mais moi, je me réserve le droit de réinterroger le témoin ! La séance est terminée.

Lorsqu'il se retrouva seul avec Mallory, il lui demanda :

— Tu n'as pas une meilleure opinion de moi, maintenant ? Je ne sais même pas reconnaître une prostituée quand j'en ai une sous les yeux…

A sa grande surprise, elle gloussa. Mais comment savoir si c'était un bon ou un mauvais signe ?

6.

Après avoir déjeuné des sandwichs que Phoebe avait fait préparer, Mallory et Carter étaient prêts à recueillir la déposition de Kevin Knightson, le premier client du cabinet Angell dans l'affaire « Petit pois ».

Le jeune homme qui entra dans la salle de réunion était un beau garçon musclé. Ses cheveux blonds se paraient à mi-longueur du vert intense des feuilles au printemps. Il passa la porte en souriant à la caméra. Puis son regard se posa sur Mallory, se figea avant de se tourner vers Carter. Il ouvrit la bouche pour dire quelque chose, mais la referma, comme un acteur qui a besoin qu'on lui souffle son texte.

Phoebe se chargea de l'aider, non sans lui jeter un coup d'œil acéré :

— Asseyez-vous, ordonna-t-elle en lui avançant une chaise au bout de la table.

Il obéit, les lèvres pincées. « Pauvre garçon, songea Mallory, il est terrorisé ! »

— Quelque chose ne va pas ? lui demanda Carter.

— Oh non ! répondit Kevin Knightson, le regard fuyant. C'est juste que… je ne m'attendais pas à… euh, une si grande pièce,… euh, un cameraman, et… euh, des gâteaux.

Il avait une belle voix sonore mais on sentait tout de même qu'il était un peu tendu, et son explication se termina par un son qui ressemblait furieusement à un gloussement.

« Il est décidément nerveux ! » se répéta Mallory.

En lui tendant l'assiette de biscuits, Carter l'invita à se détendre, puis lui servit le même discours qu'à Tammy Sue, et qu'il servirait sans doute à chaque témoin, comme quoi ils étaient tous des amis qui recherchaient la vérité.

— Un peu de café ? conclut-il.

— Volontiers ! Je vous remercie.

Ensuite, il croqua une minuscule bouchée de biscuit, lança un coup d'œil à son avocate médusée, puis au cameraman, survola Mallory, et pour finir, posa un regard appréciateur sur Carter.

Celui-ci rompit le silence en lui demandant de décliner son identité, ce qu'il fit en souriant largement.

— Domicile ? continua Carter.

— 225, Soixante-septième Est.

Mallory se figea. Car cette adresse, qui, bien sûr, ne lui avait rien évoqué lorsqu'elle avait étudié le dossier, était celle de Maybelle, son coach… Knightson serait-il le partenaire de Richard ? Une telle coïncidence paraissait incroyable !

« Seigneur ! Qu'ai-je fait pour mériter ça ? » se lamenta Mallory. Comment expliquer la situation à Carter sans lui révéler qu'elle consultait un coach en personnalité ? Il trouverait ça totalement idiot… Pire encore, il voudrait savoir *pourquoi* elle faisait une chose pareille !

« Voyons, se raisonna-t-elle, Kevin ne la connaissait pas, il ne pourrait donc pas la dénoncer. » Tout de même, pourquoi n'avait-elle pas donné à Maybelle la raison de son séjour à New York ? Quelle idiote ! Elle se promit d'y remédier le soir même, lors de leur prochain rendez-vous. Et si elle prévenait Carter en disant simplement : « Fais attention, je connais ce type » ? Oui, c'était une bonne idée !

Pendant qu'elle écrivait, l'interrogatoire se poursuivait :

— Quel est votre métier ?

— J'ai une formation d'acteur, répondit Kevin en hésitant.

Puis il ajouta avec un sourire :

— Là, vous êtes censé me demander : « Et dans quel restaurant travaillez-vous ? »

Carter lui retourna son sourire, exprimant une réelle sympathie.

— Je sais que c'est un métier très difficile ! Je vous souhaite bonne chance de tout mon cœur ! Alors, dans quel restaurant ?

Tout le monde éclata de rire, sauf Mallory, occupée à rédiger sa petite note.

— En mars, je travaillais au Blue Hill, dans Greenwich Village. Jusqu'à ce que j'arrive avec les cheveux, les sourcils et les ongles verts. J'ai appliqué une teinture noire sur les cheveux et les sourcils, mais cela les a seulement rendus vert foncé, et je n'ai rien pu faire pour les ongles.

Maintenant, il ne souriait plus. Carter hocha la tête.

— Et depuis, vous avez été embauché ? reprit-il.

— De temps à autre, par-ci par-là. Des petits travaux pour ma logeuse, de la sous-traitance pour un décorateur d'intérieur, et… euh, des boulots saisonniers.

— Où travaillez-vous en ce moment ?

— Objection ! déclara Phoebe.

— A propos de son job ? s'exclama Carter, surpris.

— Je puis vous assurer qu'il ne fait rien d'illégal ou d'immoral, affirma l'avocate d'un ton têtu.

— La défense est en droit de connaître son parcours professionnel afin d'évaluer les dédommagements, rétorqua Carter d'un ton non moins têtu.

— Il s'agit tout simplement d'un travail qui exige un certain anonymat. J'aimerais que vous respectiez sa vie privée, répliqua sèchement Phoebe.

— Admettons, pour le moment, soupira Carter. Cependant, je me réserve le droit de faire subir au témoin un contre-interrogatoire devant le tribunal.

— Quand vous voudrez, roucoula Kevin.

Mallory en profita pour glisser sa note à Carter. Celui-ci la lut et fronça les sourcils. Puis il griffonna rapidement à son tour sur un bloc et le lui rendit discrètement. Elle hoqueta en lisant : « Tu veux dire que tu as couché avec lui ? »

Outrée, elle écrivit : « Bien sûr que non ! », puis renvoya le bloc vers Carter tandis qu'il poursuivait son interrogatoire.

— Combien gagniez-vous en tant qu'acteur avant cette fameuse audition pour laquelle vous vous êtes teint en roux ? Attendez, laissez-moi le formuler autrement : combien avez-vous gagné l'an dernier ?

— Eh bien… Cinq cents dollars au Salon de la navigation, deux cent cinquante au Salon du jouet…

Après quelques minutes de calcul à voix basse, Kevin annonça un chiffre très peu élevé.

— Et combien touchez-vous actuellement ?

Le regard fuyant, Kevin marmonna un nouveau chiffre.

— Si je comprends bien, vous gagnez aujourd'hui plus d'argent qu'avant ce présumé accident de teinture ?

Tout le monde tressaillit devant le débit soudain saccadé de Carter, qui écrivait sur le bloc en même temps qu'il menait l'entretien.

— Cela n'a rien à voir ! se défendit Kevin. J'aurais touché cette somme même si je ne…

Son message rédigé, Carter l'envoya vers Mallory d'une chiquenaude si violente que le papier glissa jusqu'au milieu de la table. Le cliquetis de la greffière ralentit. Phoebe et Kevin suivirent la feuille des yeux, et le cameraman parut en faire autant avec son zoom. Rouge à la fois de honte et de colère, Mallory la rattrapa mais ne put s'empêcher de lire :

« Alors, comment vous connaissez-vous ? »

« Cela ne te regarde pas », répondit-elle avant de pousser le bloc de deux centimètres vers Carter, qui inscrivit à son tour, sans cesser d'interroger Kevin :

« Bien sûr que si ! C'est un témoin dans une affaire que j'ai tout intérêt à gagner. »

« Pas *gagner : régler* ! » griffonna Mallory.

— C'est peut-être le moment de faire une pause, suggéra alors Phoebe d'un ton acide. Vous deux pourriez régler vos problèmes oralement plutôt qu'en vous envoyant des avions de papier.

— Bonne idée, déclara Carter.

— Bonne idée, répéta Mallory.

Ils se défièrent du regard pendant que les autres battaient en retraite, sans doute vers les toilettes ou leurs téléphones portables.

— Alors ? articula Carter, les yeux étincelant de colère.

— C'est un chassé-croisé, expliqua Mallory.

— Qu'est-ce que ça veut dire ?

— En fait, lui ne me connaît pas. Mais moi, je connais quelqu'un qui le connaît, voilà tout. On m'a parlé de lui lors d'une conversation sans aucun rapport avec le dossier. C'est un hasard !

Carter la dévisagea pendant de longues minutes.

— Je me le demande ! Il a eu une drôle d'attitude en entrant, non ? dit-il ensuite, semblant un peu plus calme.

— Il n'y a aucune raison qu'il me connaisse, insista Mallory.

« Sauf si Richard a cité mon nom, ou bien Maybelle. Ce qui est contraire à la déontologie. »

A cette pensée, une rougeur éloquente lui monta de nouveau au front.

Carter l'observait toujours attentivement.

— Le fait de le connaître va te gêner pour travailler correctement ? demanda-t-il enfin.

— Bien sûr que non !

— Tu en es certaine ?

— Absolument !

— D'accord, mettons que j'ai réagi un peu fort, marmonna-t-il, avant de hurler à travers la porte close : Phoebe ! Nous sommes prêts à reprendre !

Mallory songea soudain qu'il avait dû grandir dans une très grande maison, où les gens à qui il devait parler se trouvaient très loin de lui… Elle lui poserait la question, un jour.

« Bon sang de bonsoir ! maugréait Carter intérieurement, il n'aimait pas que Mallory ait des secrets ! » Les gens comme elle, ouverts, honnêtes, ne devaient pas avoir de secrets. On pouvait compter sur eux. Il devait pouvoir compter sur elle !

Compter sur elle… mais pour quoi, au fait ?

Eh bien, pour s'impliquer à cent pour cent dans ce dossier, avec lui. Du moins tant qu'ils travaillaient ensemble. Et rien d'autre. Et nulle part ailleurs. Elle n'était pas censée se balader le soir, Dieu-sait-où avec Dieu-sait-qui !

Evidemment, elle pourrait objecter que lui aussi se baladait le soir. Mais au moins, il lui avait dit avec *qui* il se baladait. Donc, il ne lui cachait rien, lui. Enfin, si ! Le fait qu'elle l'excitait terriblement, et ne semblait même pas le faire exprès…

Il devait absolument découvrir avec qui elle sortait.

— Joli temps ! commenta Carter sur le chemin de l'hôtel, après qu'ils eurent arraché de Kevin Knightson toutes les informations possibles.

Malgré la neige et un ciel d'un noir d'encre, la Cinquième Avenue était aussi éclairée qu'en plein midi, avec ses vitrines étincelantes, ses arbres brillants et ses réverbères allumés. Un énorme flocon de neige mouillée s'écrasa sur le nez de Mallory, et y fondit aussitôt. Elle glissa sur le trottoir gelé et Carter la retint par les épaules.

Un instant, Mallory resta appuyée contre lui. Comme c'était chaud ! Comme c'était rassurant ! Elle aurait voulu qu'il lèche le flocon fondu sur son nez… Elle souhaitait marcher ainsi, tout contre lui, indéfiniment, sous la pluie, sous la neige, sous la grêle, enjamber des montagnes, franchir des vallées, remonter des fleuves…

Proche de l'extase, elle leva son visage vers lui. Et déclara :

— Il me faut des bottes fourrées.

Alors, plutôt que de lécher le flocon sur son nez, Carter retira son bras.

Mortifiée, Mallory sentit un grand poids tomber sur son cœur… Si seulement elle avait dit un seul mot — le *bon* mot — peut-être l'aurait-il tenue ainsi enlacée jusqu'à l'hôtel ? Et ensuite, qui sait, peut-être l'aurait-il embrassée ? Après cela, elle n'aurait plus eu besoin de Maybelle ni de la veste rouge, ni de quoi que ce soit d'autre d'ailleurs, jusqu'à la fin de ses jours…

« Ça y est, ça me reprend ! » constata-t-elle, accablée.

Ils atteignirent enfin l'hôtel, trempés. Tandis qu'ils se débarrassaient de leurs vêtements dégoulinants, Mallory songea que si ce temps persistait, il lui faudrait troquer son manteau de cashmere noir contre l'imperméable en microfibre qu'elle avait pris soin d'emporter, proprement rangé dans une pochette. Et pourquoi ne pas acheter ces bottines en plastique léger que l'on enfilait par-dessus les chaussures, plutôt qu'une nouvelle paire de bottes fourrées ?

En dépit de ces réflexions d'ordre pratique, Mallory savait bien qu'une seule pensée occupait réellement son esprit : pourquoi n'avait-elle pas trouvé quelque chose de moins prosaïque à dire à Carter ?

— Tu as rendez-vous ce soir ? lui demanda-t-il soudain d'une voix sourde.

Elle tressaillit. C'était la première fois qu'il parlait depuis qu'elle avait glissé dans la rue. Elle acquiesça, car Maybelle lui avait donné rendez-vous une heure plus tard. Or, Mallory se sentait plus consciente que jamais qu'elle avait besoin d'aide.

— Et tu y vas habillée comme ça ? poursuivit Carter.

Elle baissa les yeux sur la veste rouge, le top discret, la jupe raisonnablement longue. Alors surgit soudain dans sa tête, non pas la voix habituelle de sa mère, mais le chuchotement bien plus tentateur de quelque créature diabolique.

— Oh, non ! répondit-elle, un petit sourire aux lèvres. J'avais l'intention de me refaire une beauté !

Visiblement soulagé, il lui tendit un sac de blanchisserie.

— Tiens, voici ton autre veste, nettoyée. Change-toi et prenons un pot ensemble avant de sortir. Il y a deux ou trois choses que je voudrais revoir avec toi, à propos des dépositions d'aujourd'hui. Plusieurs, en fait, ajouta-t-il après une hésitation.

— Volontiers ! Je suis tellement à plat, un truc un peu fort me ferait du bien. Tiens, je prendrais bien un margarita !

Sur ces mots, Mallory fit quelques pas vers sa chambre, puis décida de marcher en balançant légèrement ses hanches.

Une fois la porte fermée, Mallory déboutonna lentement la veste rouge, retira le top noir, puis, debout devant le miroir, s'observa un long moment. Son soutien-gorge était noir, sans dentelle. Elle le retira.

Ensuite, elle étudia sa jupe d'un air critique : très jolie, bien coupée, frôlant sagement les genoux malgré la ceinture enroulée. Mallory lui donna un tour supplémentaire, puis encore un autre. Cette fois-ci, la jupe découvrait nettement ses jambes. Après avoir jeté un coup d'œil à la veste noire, toujours dans le sac de blanchisserie, elle enfila de nouveau celle de Carole et affronta courageusement son reflet.

— Non ! Je ne peux pas faire ça ! s'écria-t-elle.

— Ça va pas ? demanda Carter depuis le salon.

Pour un homme dont la voix portait d'un bout à l'autre de la ville, son ouïe était rudement fine !

— Si, répondit Mallory d'un ton mal assuré. Je me suis cognée, c'est tout !

Elle se regarda de nouveau : le premier bouton de la veste lui arrivait juste sous les seins, à peine couverts par les revers. En arrondissant les épaules, peut-être parviendrait-elle à en cacher une partie...

Mais ce n'était pas le but, n'est-ce pas ? Un millimètre après l'autre, elle relâcha les épaules et sentit ses seins s'épanouir. Elle inspira profondément. Voilà comment elle devait entrer dans le salon : en exposant fièrement tous ses atouts ! Une femme résolue à séduire... C'était l'attitude à adopter !

D'accord, mais pas avant de s'être lavé les dents, d'avoir remis du rouge à lèvres, brossé sa jupe, lessivé son soutien-gorge et son top, ciré ses chaussures...

« Ne jamais déraper, ne jamais déraper... »

Cette fois-ci, il s'agissait indubitablement de la voix d'Ellen Trent, un peu affaiblie mais encore présente dans sa tête... Mallory jura en silence. Elle ne comptait pas renoncer à tout ce que sa mère lui avait enseigné ! L'efficacité et l'ordre restaient indispensables. Simplement, elle voulait relâcher la rigueur de tous ces préceptes, pour voir si cela l'aidait à devenir un peu plus douce, un peu plus féminine...

Carter leva les yeux lorsqu'elle entra dans le salon. Une expression de totale stupeur envahit son visage. Puis il ramena rapidement son regard sur le document qu'il lisait.

— Très réussie, ta remise en beauté ! marmonna-t-il.

— Merci ! répliqua Mallory, se posant sur l'extrême bord d'un fauteuil, les jambes haut croisées. Tu préfères boire un verre ici ou descendre au bar ?

— Ici. J'ai déjà commandé. Je leur ai dit de se dépêcher.

— Parfait. J'ai rendez-vous à 19 heures.

— Moi aussi. Il nous reste donc une petite demi-heure pour discuter, dit Carter qui la regarda de nouveau, puis remua un peu au fond de son fauteuil pourtant confortable.

Mallory se pencha en avant avec un sourire encourageant.

— Alors, que penses-tu de nos témoins du jour ? lui demanda Carter, les yeux fixés sur son décolleté.

— Je crois que le temps travaille pour nous ! répondit-elle pensivement, apparemment inconsciente du fait que ses seins débordaient presque de l'échancrure de sa veste.

« Comme ses seins sont beaux ! » songea Carter. Elle n'avait pas de seins lorsqu'ils étaient en fac de droit, c'est sûr… Sinon, il les aurait certainement remarqués.

Son bas-ventre s'enflamma quand il remarqua soudain qu'elle ne portait pas de soutien-gorge. Ou alors, le soutien-gorge le plus minuscule de la terre… Il lutta contre une furieuse envie d'aller vérifier ce détail de plus près.

Il changea de position pour tenter de cacher la preuve de ce qui, de toute évidence, occupait réellement son esprit, et revint à la discussion :

— Personne n'a été malade, poursuivait Mallory. Les dégâts sont passagers, l'épreuve est quasiment terminée pour les plaignants, du moins en ce qui concerne leur apparence physique.

— Ouais. Voyons voir…

Autant pour employer ses mains que pour mieux cacher son état, Carter étala le dossier « Petit pois » sur ses genoux.

— L'incident de teinture est arrivé le 17 mars. Le lot est sorti d'usine le 24, mis en magasin le 26, et le dernier flacon a été vendu et utilisé, mettons une semaine après. Donc l'acheteur du dernier flacon a eu six mois pour que ses cheveux repoussent. Si Kevin coupait la moitié des siens, il serait de nouveau blond.

Il avait mentionné Kevin exprès, afin de voir comment réagirait Mallory. Elle rougit légèrement. Tandis qu'il évoquait un autre aspect du dossier, Carter se mit à réfléchir : en fait, il ne croyait pas vraiment qu'elle avait rendez-vous avec Kevin Knightson. Il était presque sûr que Kevin s'intéressait plutôt aux hommes. Mais alors, quel lien les unissait ?

— Quel dommage que nous n'ayons pas réussi la transaction au printemps dernier ! dit finalement Mallory en poussant un gros soupir. Tammy Sue aurait pu se réinsérer dans la vente de produits de beauté, par exemple !

Carter retint son souffle, s'attendant à ce que les seins de Mallory jaillissent totalement de la petite veste si sexy.

— Votre service juridique a très bien mené la négociation, affirma-t-il. Le problème, c'est que Phoebe a contacté tous les plaignants. D'ailleurs, comment s'y est-elle prise ?

— D'après ce qu'on m'a dit, elle a rencontré au Country Club de son père quelqu'un qui connaissait quelqu'un qui connaissait un type qui s'était teint en vert. Tu sais comment ça se passe ! Phoebe s'est emparée d'un potin pour en tirer le maximum. C'est un vautour, conclut Mallory tandis que leurs boissons arrivaient.

« Un vautour mâtiné d'une Veuve Noire…, qui lui avait glissé son numéro de téléphone avant qu'ils ne quittent le cabinet », songea Carter. Une fois de plus, il se demanda si on ne lui avait pas confié l'affaire dans le seul but qu'il la séduise et lui arrache une négociation…

Il but une gorgée de scotch qui lui réchauffa doucement la gorge. Et pourquoi ne le ferait-il pas, après tout ? Ce ne serait que justice ! Sensuous proposait d'accorder cinquante millions de dollars de dédommagements. A partager entre les plaignants et l'avocate. De son côté, elle réclamait cent millions. Après des années de recours en appel et les énormes frais de justice que cela impliquerait, Sensuous risquait de couler...

Carter observa Mallory qui léchait le sel autour de son verre avec la pointe de sa langue. Cette vision le réchauffa encore plus que le scotch... Il ramena prudemment sa pensée vers Phoebe, ses cheveux hérissés, son rouge à lèvres. Son « vert » à lèvres, plutôt ! Quelle idée de se maquiller ainsi ! Cependant, il était certainement capable de la séduire. Mais il n'y prendrait aucun plaisir, et se détesterait de l'avoir fait. Non ! Il allait mener cette affaire avec son cerveau, et faire en sorte que Mallory s'en rende compte !

Celle-ci sirotait son verre et regardait fréquemment sa montre tout en poursuivant ses commentaires sur le dossier « Petit pois ». Et soudain, Carter craqua : pas question de laisser Mallory s'échapper dans cette ville, ou, pire encore, de la livrer aux bons soins d'un type quelconque, avec ce décolleté, cette jupe qui dévoilait ses cuisses — et quelles cuisses, Seigneur, si minces mais si pleines... Des cuisses à caresser...

Sentant toutes ses hormones en ébullition, Carter s'efforça de prendre le ton de l'avocat le plus sérieux au monde.

— Ecoute, articula-t-il, aucun de nous n'a de rendez-vous professionnels, ce soir. On devrait annuler et se faire un dîner de boulot, tous les deux. On fait du bon travail, là, non ? Je vais appeler Bérénice et lui dire que je la verrai une autre fois.

Puis il attendit la réaction de Mallory. Elle semblait surprise et, cela l'inquiéta fort, un peu hésitante.

— Eh bien, j'ai peur de ne pas pouvoir..., dit-elle.

Il fronça les sourcils.

— A moins que, peut-être…, se reprit-elle.

Le cœur nettement plus léger, Carter l'encouragea silencieusement du regard.

— Voilà ce que je vais faire, décida-t-elle. Je vais aller à mon rendez-vous pour l'annuler de vive voix et ensuite je te retrouve pour dîner, disons vers 20 h 15. Tu veux qu'on se fasse servir dans la chambre ou tu préfères sortir ?

Carter réfléchit à toute allure. Il était incapable de passer toute la soirée enfermé avec Mallory sans lui sauter dessus ! Or, il n'en était qu'à la phase 1 — empêcher *quiconque* de lui sauter dessus. La phase 2 consistait à gagner le respect de Mallory grâce à son intelligence et ses compétences, ce qui voulait dire régler le dossier « Petit pois ». Quant à la phase 3, et il en avait l'eau à la bouche rien que d'y penser, il s'agissait d'inciter Mallory à avoir envie de lui — ce qui, jusqu'ici, avec les autres femmes, avait toujours été la partie la plus facile.

Il décrocha le téléphone et regarda Mallory.

— Je vais essayer de réserver au Judson Grill. C'est assez bruyant pour qu'on puisse discuter sans que d'autres nous entendent.

— C'est juste un dîner de travail ! précisa Mallory, le souffle court, un quart d'heure plus tard dans le bureau de Maybelle.

— Super ! s'écria celle-ci. Les choses avancent ! On file faire du shopping !

La jeune femme eut un hoquet.

— Mais je ne peux pas, dit-elle. J'ai dit à Carter que je le rejoignais au restaurant à 20 h 15.

— Vous y serez ! J'ai moi-même rendez-vous à 20 heures. Allez, mon chou, on n'a pas de temps à perdre !

— Mais je n'ai pas besoin de vêtements supplémentaires, protesta Mallory tandis que Maybelle la poussait vers la voiture, une énorme Cadillac bleu pâle, conduite par Richard.

— Il vous faut juste d'autres vêtements comme cette petite veste rouge, répliqua Maybelle. Pas étonnant qu'il ne veuille pas que vous sortiez avec quelqu'un d'autre ce soir !

« Etait-ce vraiment la raison pour laquelle il avait proposé ce dîner de travail ? » se demanda Mallory.

— J'avoue qu'il m'a *obligée*, en quelque sorte, à porter cette veste ! dit-elle avant de raconter l'épisode de la moutarde à Maybelle.

— A croire qu'il voulait décidément vous voir *hors* de cette vilaine veste noire ! gloussa celle-ci.

— Bon, eh bien, je porterai de nouveau la rouge, voilà tout.

— Vous ne pouvez pas la mettre tous les jours, sinon il va comprendre l'astuce ! plaida Maybelle.

— Alors je porterai mon ensemble noir demain, que ça lui plaise ou non !

Maybelle lui lança un regard aigu et Mallory capitula.

— D'accord ! Je pourrai peut-être acheter une veste noire sexy pour demain. Mais ensuite, je dois vraiment rejoindre Carter.

— Parfait, conclut Maybelle. Faites-moi confiance, mon chou, et vous serez à l'heure au restaurant.

— Maybelle ! s'exclama une vendeuse en se précipitant vers elle. Cela fait des semaines que l'on ne vous a pas vue !

Elles se trouvaient chez Bergdorf Goodman, le magasin le plus cher de New York, et plus exactement au très chic Espace « Créateurs ».

Maybelle déclara vivement à la vendeuse :

— Je n'ai pas eu de clients à habiller depuis longtemps. Mais celle-ci a grand besoin de nouveaux vêtements, et vite ! Il nous faut deux tailleurs sexy...

Sa silhouette mince s'affairait d'un présentoir à l'autre.

— *Un* seul tailleur, protesta Mallory. Je veux dire, une veste ! Je la porterai avec mon pantalon et ma jupe noirs.

— Ou avec un autre pantalon et une autre jupe noirs, répliqua Maybelle.

— En fait, j'ai plutôt besoin de ces bottines en plastique que l'on porte par-dessus ses chaussures..., objecta Mallory après avoir étudié une étiquette de prix.

— On vous dénichera des jolies petites bottes après, promit Maybelle.

Mallory l'entraîna vers le coin dévolu aux créateurs italiens et lui chuchota nerveusement que, malgré un salaire confortable, tous ces modèles étaient au-dessus de ses moyens. Maybelle balaya ce raisonnement absurde d'un grand revers ponctué de diamants.

— Ne vous en faites pas ! J'ai un compte ici, confia-t-elle. On parlera d'argent plus tard...

Mallory gémit. Plus tard, cela ferait toujours trop d'argent ! Elle ne se retrouva pas moins dans une cabine d'essayage, débarrassée de ses vêtements.

— Eh bien, mon chou, voilà ce que j'appelle un tailleur noir ! s'exclama finalement Maybelle.

Mallory se tourna lentement vers le miroir. La veste était très cintrée, ajustée à la taille, et, lui sembla-t-il, bien trop courte pour recouvrir ne serait-ce que la moitié de ses fesses. Quant au pantalon, il la moulait parfaitement avant de s'évaser souplement vers les chevilles.

Elle était sublimissime là-dedans, il lui fallait bien l'admettre !

— D'accord, je prends l'ensemble, céda-t-elle, les dents serrées. Mais rien d'autre !

— Gardez le pantalon sur vous, ça vous fera gagner du temps, lui conseilla Maybelle.

Mallory quitta l'Espace « Créateurs » munie, en plus du tailleur noir, d'une aérienne veste assortie à ses yeux, d'une jupe presque aussi courte que celle de Phoebe Angell et d'une autre très stylée, qui tombait à mi-mollets.

Elles cavalèrent ensuite vers l'Espace « Chaussures et Accessoires » du cinquième étage. L'instant d'après, la jeune femme était en possession d'escarpins Prada à talons vertigineux. Mallory ne pouvait s'empêcher de penser à ses économies qui fondaient comme neige au soleil. Elle tenta de reprendre les choses en main et demanda timidement au vendeur :

— Avez-vous ces surchaussures en plastique qui…

— Des bottes fourrées, coupa Maybelle. Avec un petit talon. Ne les emballez pas, elle les met tout de suite.

Dès qu'elle les eut aux pieds, Mallory sut qu'elle ne pourrait plus jamais s'en passer. Elle avait cessé de lire les étiquettes de prix. C'est maintenant qu'elle devait vivre, pas quand elle serait à la retraite, n'est-ce pas ? Alors, autant tout claquer en une seule fois et ne plus jamais recommencer. Mais rembourser Maybelle lui prendrait, deux, trois, dix ans. La panique l'envahit. Seigneur ! Sa mère allait la renier !

Maybelle proposa de faire porter le reste de ses achats à l'hôtel, et lui conseilla de filer rejoindre Carter.

— J'ai quelque chose à vous dire, avant de partir, annonça Mallory en prenant une profonde inspiration.

— Allez-y, l'encouragea Maybelle.

— Je suis avocate chez Sensuous, la société d'où provient la teinture qui a rendu les cheveux de Kevin verts.

A son grand étonnement, Maybelle ne manifesta aucune surprise ! Au contraire, elle écarta la confession que Mallory avait tant redoutée avec un de ses gestes habituels de sa main chargée de bagues.

— Ne vous en faites pas pour ça, mon chou. On est entre professionnels, non ? Ça n'aura pas d'incidence sur les conseils que je vous donne !

— Je ne l'aurais jamais su si nous n'avions pas pris sa déposition aujourd'hui, insista Mallory, soulagée malgré tout que Maybelle ne semble pas bouleversée outre mesure par cette coïncidence.

— Et il n'y aurait eu aucun problème si je n'avais pas ouvert mon bec à son propos, l'autre soir…

Maybelle poussa un grand soupir avant d'ajouter :

— Et quand il m'a dit que vous l'aviez interrogé aujourd'hui, je…

Interloquée, Mallory la coupa :

— Il vous a dit que j'ai pris sa déposition ? Comment ça ?

— Il m'a dit qu'il allait témoigner, et *vous* venez de me dire que vous l'aviez interrogé ! répliqua Maybelle, la fixant de ses yeux bleus innocents.

Bien trop innocents, songea Mallory soudain suspicieuse.

— Je crois bien que Kevin regrette de s'être mis dans ce procès, poursuivait Maybelle. D'ailleurs, sans ça, on aurait déjà fait refaire la salle de bains du haut, et Kevin aurait eu des coupes de cheveux et des manucures gratuites jusqu'à la complète disparition de la couleur verte.

Elle conclut en soupirant :

— Et en ce moment, il serait en train de servir dans son restau et de passer d'autres auditions au lieu de faire ce boulot idiot !

Brutalement, Mallory comprit. Le comportement étrange de Kevin en entrant dans la salle de réunion, sa réticence à révéler quel travail « saisonnier » il faisait…

— Maybelle, dites-moi : qui est le Père Noël ?

Maybelle se mordit la lèvre inférieure avant de répondre :

— Je n'ai jamais su garder un secret. Oui, mon chou, c'est Kevin, le Père Noël.

7

Accoudé au bar du Judson Grill, Carter comptait les minutes sans quitter la porte des yeux. 20 h 12, 20 h 13, 20 h 14…

Lorsque Mallory entra enfin dans le restaurant, il sentit son cœur s'emballer et la majeure partie de son sang gagner l'hémisphère Sud de son anatomie. Néanmoins, il remarqua qu'elle ne semblait pas particulièrement ravie de le voir. En fait, elle semblait même désespérée.

— Salut, dit-elle, parcourant la salle des yeux tout en évitant son regard. Tu attends depuis longtemps ?

— Quatre minutes, mentit-il.

En fait, il était arrivé à 20 heures pile, au cas où le type avec qui elle avait rendez-vous l'aurait accompagnée pour voir avec qui elle dînait. Mais elle était seule.

Une jeune femme la débarrassa de son manteau, puis les guida vers leur table. En suivant Mallory, Carter se dit qu'elle paraissait fort contrariée. Mauvaise nouvelle. Et qu'elle avait un nouveau pantalon. Bonne nouvelle. Celui-ci était tellement étroit qu'elle ne pourrait s'en extirper sans l'aide de quelqu'un. D'ailleurs, il serait ravi de lui prêter main-forte !

Son exquise rêverie s'envola lorsqu'il comprit que Mallory avait quitté l'hôtel Saint-Regis vêtue d'une jupe. Bon sang ! Elle s'était donc changée *ailleurs* que dans sa chambre ?

Un serveur à catogan les installa à leur table. En s'asseyant, Mallory se pencha et Carter ferma un instant les yeux de bonheur devant son décolleté. Puis elle se mit à tripoter ses couverts. Carter s'interrogea sur les raisons de cette nervosité. Peut-être que le type du rendez-vous lui avait fait passer un mauvais quart d'heure ? Il devait être fou de rage qu'elle annule leur soirée. C'est donc qu'il tenait à elle… Ou alors, il avait un sale caractère… Pauvre type ! Mais Mallory ne sortirait pas avec un pauvre type ! D'ailleurs peut-être qu'elle tenait aussi à lui, et que ça la contrariait que Carter ait saboté son plan pour la soirée. Bon sang ! C'était quoi, son plan, à part changer de vêtements ?

L'évidence de la réponse le heurta de plein fouet. Le gars lui avait arraché sa jupe ! Et elle avait dû mettre ce pantalon qu'elle gardait chez lui, puisque Carter ne l'avait encore jamais vu. N'importe quel idiot aurait compris !

Carter se tapait le front au moment où le serveur au catogan réapparut :

— Vous désirez un apéritif ?

— Non, merci, répondit Mallory.

— Je vous apporte les menus ?

— S'il vous plaît, répondit Carter.

— Et la liste des vins ?

— Ce serait une bonne idée, oui ! grinça Carter.

Il devait absolument découvrir ce qu'elle fichait avec ce type ! Après avoir parcouru rapidement la carte, il se lança :

— Quelque chose te tracasse, on dirait ! J'espère que ton rendez-vous n'a pas piqué une crise quand tu lui as dit que tu devais travailler ?

— Qui ça ?

Mallory leva les yeux de la carte. « Au moins, elle le regardait maintenant », songea Carter.

— Ah ! Pas du tout ! reprit-elle. Je pensais justement que toi-même, tu semblais tendu… Bérénice t'a fait une scène ?

Pas du tout ! En fait, Bérénice avait dit qu'elle en profiterait pour travailler aussi !

— Revenons à ton rendez-vous. Si ce n'est pas lui, qu'est-ce qui t'a contrariée, alors ? Quelque chose en rapport avec le Père Noël ?

Il accentua volontairement ces deux derniers mots et constata avec satisfaction que Mallory sursautait. Et avec convoitise que ses seins palpitaient. Mettre l'emphase sur un groupe de mots était une technique de prétoire qu'il utilisait fréquemment, mais sans avoir jamais encore provoqué un tel effet sur une poitrine féminine…

— Mais enfin, qu'est-ce que tu veux dire ?

Elle avait recouvré son sang-froid, mais jamais il n'avait vu un tel air coupable !

— Je veux dire que le Père Noël et toi avez longuement chuchoté pendant qu'il te gardait sur *ses genoux*.

Carter insista aussi sur ces mots-là.

— Tu es cinglé ? demanda-t-elle, interloquée.

— Vous avez choisi ? s'enquit le serveur, penché au-dessus d'eux tel l'arbitre dans un match de boxe.

Carter se rendit compte que sa voix avait porté plus loin que prévu.

Mallory passa sa commande sans quitter Carter des yeux, et il soutint son regard pendant qu'il énonçait son choix à son tour. Puis il se mit à réfléchir. Voyons, il n'était pas jaloux. Mais il se sentait, comment dire, *responsable* d'elle, lâchée dans cette grande ville, oui, c'est ça ! Il devait la protéger des loups et de tous les prédateurs qu'elle risquait de croiser…

— C'est juste que je voudrais que rien de grave ne t'arrive ! reprit-il. Tu comprends, c'est à cause de moi que tu l'as rencontré…

— Qui donc ?

— Le Père Noël… Donc, s'il te draguait, te demandait de sortir avec lui…

— Mais il n'a rien fait de tel ! protesta Mallory.

— Alors, est-ce que ça a un rapport avec ce Kevin ?

Cette fois, elle ne lui demanda pas s'il était cinglé — ce que Carter regretta presque… Rouge de confusion, elle avait plus que jamais un air coupable…

— Votre vin, monsieur ! annonça le sommelier en lui présentant la bouteille.

— Parfait, répondit Carter sans y jeter un regard.

Le sommelier toussota. Carter le regarda et fit un geste impatient de la main.

— Non, je ne veux pas le goûter, servez-nous !

En étrennant ses jolies bottes sur le chemin de Bergdorf's au restaurant, Mallory s'était dit que jamais elle ne pourrait avouer à Carter qu'elle s'était assise sur les genoux de Kevin, et lui avait pour ainsi dire dévoilé son âme…

Dire qu'elle avait raconté à un témoin de l'accusation qu'elle voulait l'avocat de la défense pour Noël ! Kevin pourrait lui faire du chantage… Jusqu'où irait-elle pour l'empêcher d'apprendre à Carter ce qu'elle ressentait pour lui ? Et si Kevin mettait Phoebe au courant ? Ce serait encore pire !

Mais maintenant, assise en face de Carter, elle songea qu'elle n'avait plus le choix…

— Je redoute ce que j'ai à te dire, soupira-t-elle.

Il parut se tendre un peu, mais l'encouragea :

— Il vaut mieux le faire et en finir.

— En fait, ça a un rapport avec Kevin *et* avec le Père Noël.

— J'en étais sûr !

Maintenant, toute la salle les regardait.

— Carter, acheva Mallory dans un murmure précipité, Kevin *est* le Père Noël !

Carter écarquilla les yeux puis demanda en souriant :

— C'était donc ça, son « boulot saisonnier » ? Faire le saint Nicolas dans un magasin ?

Son sourire s'élargit et il partit d'un grand rire.

— Je me suis assise sur les genoux d'un témoin de l'accusation ! répliqua sévèrement Mallory.

Cette histoire n'avait rien de drôle, et encore, il n'en savait que la moitié. D'ailleurs, avec un peu de chance, il n'en saurait pas plus, elle l'espérait vivement.

Le rire de Carter cessa aussi subitement qu'il avait commencé, et Mallory vit littéralement les rouages de son cerveau d'avocat se mettre en marche. Il demanda d'un ton glacé :

— Comment sais-tu que Kevin est le Père Noël ?

A présent elle allait devoir mentir, principale raison pour laquelle elle ne lui avait rien dit...

Le serveur lui laissa un moment de répit en apportant leurs plats. Elle attaqua sa salade avec un appétit feint, mais savait que Carter tentait de lire dans ses pensées.

— Je l'ai deviné, tenta-t-elle de se justifier.

— Tu l'as deviné ? Et comment l'as-tu deviné ?

— Oh, je ne sais pas, quelque chose dans sa voix...

— Donc, c'est une simple supposition de ta part ?

— Non, ensuite je le lui ai demandé.

— Quand cela ?

— A un moment où tu n'étais pas là.

Carter fronça les sourcils et resta silencieux. Il ne croyait pas que Mallory avait interrogé Kevin. Au contraire, il était certain qu'à aucun moment, Kevin et elle n'avaient été seuls dans la pièce... Ainsi, elle continuait d'avoir des secrets ! En outre, si elle n'avait rendez-vous ni avec Kevin ni avec le Père Noël, puisque les deux ne faisaient qu'un, c'est donc qu'il s'agissait de quelqu'un d'autre. Mais *qui*, bon sang ? ! Décidément, cette question l'obsédait…

Seigneur ! Il fallait dire qu'elle était si belle, si désirable avec ses seins crémeux tendus vers lui, ses cheveux pâles qui dansaient, et ses grands yeux d'eau vive qui le fixaient, emplis d'innocence !

Dire qu'il aurait pu coucher avec elle cinq ans auparavant, s'il l'avait courtisée quand il en avait eu l'occasion ! Savoir qu'il avait laissé passer sa chance le rendait malade !

Mais ce n'était pas le moment d'envisager ce type de relation avec elle ! Il devait absolument se sortir Mallory de la tête — bien que ce ne soit pas précisément dans sa *tête* que le problème résidait — jusqu'à ce qu'il règle le dossier « Petit pois » et qu'elle bave d'admiration devant lui ! Il décida qu'il dînerait avec Bérénice demain soir, avec une autre femme vendredi soir, et verrait ensuite comment occuper son week-end.

Le lendemain matin, Mallory prit la pleine mesure de son récent dérapage — sortie de route, plutôt ! — hors de la voie balisée vers l'ordre et la sérénité.

Vêtue de son nouveau pantalon moulant, d'une veste bleu-vert, d'un pull sans manches, presque transparent, que Maybelle avait fourré dans son sac au dernier moment et les escarpins Prada à immenses talons aux pieds, elle vidait méthodiquement son sac sur le bureau lorsque Carter sortit de sa chambre.

— Qu'est-ce que tu fais ? demanda-t-il.

— Je ne retrouve pas ma carte de crédit.

— Appelle ta banque et demande qu'ils t'en envoient une autre par courrier exprès.

Mallory lui lança un regard qui aurait plu à sa mère — à condition que sa mère ne la voie pas aller au bureau dans une tenue pareille.

— D'accord ! grommela-t-il. Quand l'as-tu utilisée pour la dernière fois ?

Elle s'efforça de se concentrer sur sa carte perdue plutôt que sur la bouche de Carter.

— Chez Bloomingdale's, je pense, lorsque nous sommes allés acheter des chaussettes.

— Tu l'as sans doute fourrée quelque part ?

— Je ne « fourre » jamais, comme tu dis, ma carte de crédit quelque part. J'ai un étui particulier pour la ranger.

— J'aurais dû m'en douter !

Elle perçut le sarcasme dans sa voix. Il enchaîna, pointant vers elle un doigt triomphant :

— Mais, cette fois, tu ne l'as pas fait !

Elle siffla, les lèvres pincées :

— Tu peux me donner des leçons, toi qui as oublié d'emporter tes chaussettes !

— Parce que toi, tu n'oublies jamais rien, n'est-ce pas ?

Carter parcourut du regard les objets étalés sur le bureau, un petit sourire pas vraiment amical sur les lèvres.

— Voyons voir ce qu'il y a là…, dit-il en s'approchant.

— Ne touche pas à mon sac, l'enjoignit Mallory.

— Mais je cherche ta carte de crédit, rien de plus ! Un sac rempli d'objets de première nécessité n'est pas vraiment une affaire privée, si ? Oh ! Un mini-kit de bricolage… De la colle… Tu as aussi un cric pliable là-dedans ? Et où ranges-tu le Scotch à double face ?

Mallory piqua un fard. De fait, elle emportait toujours un rouleau de ruban adhésif et de chatterton, ainsi qu'une paire de ciseaux, du fil, deux épingles de sûreté, douze aspirines…

— Il faut pouvoir faire face aux urgences, se justifia-t-elle.

— Tu en as souvent, des urgences ?

— Il m'arrive de recoudre un ourlet. Tenue impeccable, travail impeccable, asséna Mallory tout en admettant intérieurement que ce raisonnement sonnait un peu ridicule, même pour elle.

— Eh ! Voilà ta carte de crédit !

Carter la retira d'une pochette intérieure du sac et la brandit triomphalement.

— Merci ! soupira Mallory, mortifiée. Jamais je n'aurais eu l'idée de la chercher là. C'est l'emplacement de mon Palm Pilot, pas de ma carte ! Je comprends maintenant pourquoi je ne la trouvais pas !

— Moi, je pense qu'il est plus facile de ne pas savoir où sont les choses ! Comme ça, en cas de perte, on sait qu'on devra chercher *partout* !

— Il y a une faille dans ton raisonnement, il me semble…, maugréa-t-elle.

— On pourrait en discuter pendant le petit déjeuner. Tu es prête ? Je vais prendre des crêpes ce matin. Les œufs m'apportent trop d'énergie.

« J'ai quelques idées sur la façon d'en dépenser, si tu veux… », songea Mallory en le suivant.

En arrivant au cabinet Angell & Angell, Mallory laissa Carter s'installer dans la salle de réunion.

— Je vais prévenir Phoebe et son témoin que nous sommes là, annonça-t-elle.

Mallory se dirigea vers le bureau de l'avocate et s'apprêtait à frapper à la porte entrouverte lorsqu'elle entendit une voix.

— Je fais ce que je peux, père, disait Phoebe. Cela dit, je n'aime pas ça du tout, ce n'est pas déontologique et…

Mallory recula, fort gênée.

— Je sais, reprit Phoebe d'un ton résigné après un long silence. Oui, d'accord, père. Il faut que je sois coriace et concrète, oui, je sais. J'essaye encore, père.

En s'éloignant discrètement, Mallory se demanda ce qu'Alphonse Angell, depuis Minneapolis, pouvait bien attendre de sa fille qui soit contraire à la déontologie ?

Perchée sur une chaise haute de l'Institut de la beauté absolue chez Bergdorf's, Mallory était au bord des larmes, prête à raconter à Maybelle son échec avec Carter malgré la veste rouge, le pantalon moulant, et les ravissantes bottes fourrées. Le premier geste de Carter en rentrant du restaurant avait été de reprendre rendez-vous avec Bérénice pour le soir même !

Elle avait un peu pleuré en enlevant les étiquettes de ses nouveaux vêtements avant de les suspendre sur des cintres dans l'armoire : larmes pour Carter et larmes pour tout l'argent dépensé. Pas vraiment dépensé, d'ailleurs, puisqu'elle n'avait encore rien payé… Et pour couronner le tout, Carter avait déjeuné avec Phoebe !

Mais Maybelle, après lui avoir annoncé qu'il fallait moderniser un peu son maquillage, se contentait de bavarder avec la maquilleuse : une jeune femme parfaitement pomponnée, qui déposait délicatement des touches de couleur sur les cils, les joues et le nez de Mallory, tout en lui détaillant une longue liste d'instructions pour plus tard, quand elle aurait encore dépensé quelques centaines de dollars en achetant les produits en question.

— Voilà, regardez-vous ! dit la maquilleuse en la tournant vers le miroir.

Mallory devait admettre que les couleurs étaient subtiles ! La gamme « Rose Parfait » s'accordait à merveille à sa carnation… Mais avec une telle quantité de produits déposée sur la peau, elle se sentait transformée en gâteau à la crème glacée ! Sensation détestable… Le pire, c'étaient les cils.

— Les gens vont croire qu'ils sont faux, chuchota-t-elle à Maybelle, ne voulant pas blesser la maquilleuse.

— Décidément, mon chou, vous êtes ir-ré-cu-pé-ra-ble ! Mais je ne renonce pas ! Il va falloir qu'on trouve le moyen de vous faire *sentir* sexy, parce que tout vient de là, finalement !

Mallory se retourna lentement et lui demanda :

— Que dites-vous ?

— Ecoutez, vous êtes aussi jolie et féminine que possible, mais je cherche *comment* vous faire *sentir* que vous l'êtes, vous comprenez ?

— Mais je…

— Et aussi ce qui vous en empêche, enchaîna Maybelle. J'évite généralement les trucs freudiens, mais dans votre cas, j'aimerais bien savoir d'*où* vous tenez votre concept de la femme parfaite…

Abasourdie, Mallory plongea la main dans son sac. Elle sortit le dernier livre d'Ellen Trent, qui gisait au fond. Elle le trimballait sans bien savoir pourquoi. Au cas où elle en aurait besoin ? Comme maintenant, peut-être…

— Lisez-le, souffla-t-elle en le tendant à Maybelle. Nous gagnerons un temps infini !

— Chouette, de la lecture ! Qui a écrit ça ?

— Ma mère.

— Alors, je sens que ça va m'intéresser. Tenez, voilà votre maquillage.

Bien que Mallory n'ait vu aucun échange d'argent, on lui présenta un paquet rempli de produits de beauté.

— Et maintenant, rentrez affronter ce jeune homme avec votre nouveau visage. On verra ce qui se passe, d'accord ? Rendez-vous ici demain, même heure.

Sur ces mots, Maybelle se dirigea vers l'escalier roulant. Mallory se tourna vers la maquilleuse.

— Combien vous dois-je ? demanda-t-elle.

— Rien, Maybelle s'en est occupée !

— Je ne peux pas la laisser continuer à acheter des choses que je devrai lui rembourser ensuite, lâcha Mallory, qu'une soudaine panique écartait de sa réserve habituelle. Je ne connais même pas le prix de tout ce que j'ai acheté depuis deux jours. Si ça se trouve, je suis ruinée sans le savoir...

— Ne vous en faites pas pour ça ! Laissez Maybelle s'amuser !

— Je l'adore, c'est plus fort que moi, gémit Mallory malgré elle. Mais il y a une limite au-delà de laquelle je ne peux pas me permettre de la laisser s'amuser...

Alors, la maquilleuse éclata de rire :

— Si ça se trouve, vous ne payerez rien du tout !

— Pardon ?

— Vous ne savez pas qui est Maybelle, n'est-ce pas ?

— Elle a beaucoup, beaucoup de diplômes..., tenta de deviner Mallory.

— Elle a aussi beaucoup, beaucoup de terrains au Texas. Hérités de son mari.

— Ah bon ?

— Oui ! Et plein de pétrole, ajouta la maquilleuse en gloussant.

— Je vois, mumura Mallory.

— Je veux dire beaucoup, beaucoup de pétrole ! Maybelle dit toujours que vivre dans cette odeur la déprimait.

— Alors je suppose qu'elle a un compte ici, et que tout simplement...

— Lorsqu'ils commencent à travailler chez Bergdorf's, les vendeurs ont une petite formation concernant Mme Ewing, expliqua la maquilleuse. Maybelle se sert, puis nous transmet-

107

tons la note à notre comptabilité qui contacte la sienne, laquelle envoie l'argent. Tout le monde y trouve son compte !

Médusée, Mallory ne trouva rien à dire. Elle s'apprêtait à prendre congé lorsque la maquilleuse l'arrêta :

— Je vous ai mis quelques explications dans le paquet. Je ne suis pas sûre que vous étiez très attentive pendant que je vous maquillais… Je me trompe ?

— En effet. Merci !

— Ne vous en faites pas, et revenez me voir au moindre problème. Moi, j'arrange les petites choses, et Maybelle les grandes, d'accord ?

— Vous le pensez vraiment ?

La jeune fille prit un air mystérieux :

— Je vous parie un rouge à lèvres Pink Pearl que vous serez bientôt de mon avis !

8.

Se sentir sexy. L'idée obsédait Mallory pendant qu'elle s'éloignait pensivement de l'Institut de la beauté absolue. Tant qu'elle n'aurait pas atteint le moment magique où elle se *sentirait sexy,* comment faire pour progresser avec Carter ? Peut-être en s'aidant d'un gri-gri, comme Carter avec ce stylo qu'il tripotait entre ses doigts à la place d'une cigarette ? Elle se dirigea lentement vers la sortie du magasin, se demandant quel type de gri-gri ferait l'affaire. Et se souvint brusquement de la boule de gui qu'elle avait admiré chez Bloomingdale's. Il y avait sûrement des boules de gui chez Bergdorf's, non ?

Mallory rebroussa chemin et monta au huitième étage, où s'étendait un nouvel univers féerique de sapins richement décorés. Et là, accrochée à une porte, l'attendait une boule de gui encore plus grosse, encore plus verte — et encore plus chère — que celle de Bloomingdale's.

Quelques minutes plus tard, la boule de gui lui appartenait. Un achat qu'elle avait *vraiment* payé.

En entrant dans la suite, Mallory s'aperçut qu'un arbre de Noël, un tout petit sapin dans un adorable pot de terre cuite, était posé sur la table basse du salon. Elle supposa qu'il s'agissait d'une attention de l'hôtel, puis remarqua la carte qui l'accompagnait.

« Avec toute mon amitié. En espérant que tous vos vœux de Noël soient exaucés. » lut-elle.

« Sans doute une des copines de Carter », se dit Mallory avec découragement. Mais comme ce petit sapin sentait bon ! Les sapins de sa mère ne sentaient jamais rien. D'ailleurs, la maison entière de sa mère ne sentait jamais rien, hormis l'eau de javel, l'ammoniaque et le bicarbonate de soude, produits ménagers par excellence de la maîtresse de maison économe… Quant au sapin, consciencieusement installé une semaine avant Noël et retiré dès le 1er janvier, il était factice, bien entendu.

Que dirait Maybelle du livre d'Ellen ? Elle avait hâte de le savoir…

Avec un léger soupir, Mallory aligna ses nouveaux produits de maquillage dans sa salle de bains, puis déballa la boule de gui et tira une chaise vers l'entrée de sa chambre.

Là, elle hésita, imaginant la scène dans son esprit. Si elle attirait Carter vers sa propre chambre, ses intentions seraient bien trop évidentes ! Elle déplaça donc la chaise vers l'entrée de l'autre chambre.

Qui s'était moqué de son kit de bricolage ? Après une pensée reconnaissante pour la sagesse de sa mère, Mallory se mit au travail. Pas facile de planter un crochet dans la boiserie, sans compter que l'hôtel risquait de lui facturer la réparation ! Mais l'argent n'était pas la préoccupation du moment, n'est-ce pas ?

La boule de gui était superbe, là-haut, et avec le petit sapin, la suite avait tout à coup un merveilleux air de Noël…

Maintenant, elle pouvait se concentrer sur le dossier « Petit pois » avant que Carter ne rentre de son dîner.

— Les taux d'intérêt baissent, les charges également, et personnellement je crois que cette tendance va perdurer, expliquait Bérénice.

— Mmm, oui, je vois…, marmonna Carter en dévorant ses ris de veau.

Il avait commandé ce plat parce que les ris de veau de Mallory, la veille, lui avaient paru délicieux. En revanche, la conversation de Bérénice ne l'excitait guère.

— Nous avons des propositions très intéressantes, Carter, soulignait-elle d'un ton sérieux. Tu devrais vraiment penser à investir là-dedans, tu sais !

— Mmm, oui, répéta Carter, qui se demanda pourquoi il avait pu penser que Bérénice pourrait être la femme de sa vie.

C'était une belle fille, très compétente dans son boulot, et sérieuse. Il avait juste oublié *combien* elle était sérieuse…

— Je devrais peut-être appeler ton cabinet de courtage, demain matin, poursuivait-elle. En fait, j'aimerais vraiment entrer en contact avec eux. Leurs clients feraient bien de prendre ce train en marche pendant qu'il est temps !

— Hardy & White, lâcha Carter.

— Quoi ?

— Mes courtiers s'appellent Hardy & White. A Chicago. Appelle-les, ils sont à toi.

« A condition que tu me laisses rentrer à mon hôtel. »

— A condition que tu ne te fâches pas si je te dis que je mange et que je file, précisa-t-il à voix haute. Cette affaire commence à chauffer, je suis loin d'avoir fini ma journée !

— Je croyais qu'il s'agissait uniquement de prendre des dépositions ? objecta Bérénice en fronçant les sourcils.

« Voilà pourquoi il l'avait mise sur sa liste de candidates », se souvint Carter. Parce qu'elle avait montré de l'intérêt pour son métier.

— C'est le cas, assura-t-il tandis que le serveur leur présentait la carte des desserts. Mais certains témoignages ont dévoilé des ramifications qui pourraient avoir de graves conséquences, alors nous…

— Je prendrai une crème brûlée et un café, coupa brusquement Bérénice.

— Même chose pour moi, s'empressa d'ajouter Carter, alors que Bérénice lançait déjà une nouvelle offensive :

— Qui je demande, chez Hardy & White ?

— Dan Whitcomb. Donc, nous devons tout vérifier pour éviter de se retrouver dans une situation critique et...

— Je suis certaine que tu trouveras une minute demain matin pour me préparer le terrain auprès de Dan Whitcomb ? l'interrompit de nouveau Bérénice en griffonnant sur son Palm Pilot.

— Je le ferai à la première heure ! promit Carter.

Avec un simple coup de fil, il apaisait sa conscience et pouvait rentrer voir ce que Mallory avait fichu ce soir...

Ce n'était pas cher payé !

Carter prit le chemin du retour en repensant à sa journée. Si cette soirée avec Bérénice ne lui avait procuré aucun plaisir, au moins lui avait-elle fourni une excuse pour ne pas « reprendre les choses là où on les a laissées » comme l'avait suggéré Phoebe lorsqu'elle l'avait coincé pour le déjeuner : chez elle, le soir même, autour d'un repas chinois accompagné d'un « grand vin ». Il voyait bien ce qu'elle avait en tête...

Ces deux événements, quoique insatisfaisants, auraient dû le détourner quelque peu de Mallory et de ses secrets... Mais ce n'était pas le cas ! Décidément, elle avait bien changé depuis la fac de droit, et ce changement le travaillait terriblement ! Se mordant les lèvres, Carter entra dans la suite et se figea devant les longs cils de Mallory, sagement assise devant son ordinateur.

— Salut ! bégaya-t-il.

— Salut ! dit-t-elle à son tour, battant des cils une fois, deux fois. On dirait qu'aucun de nous deux n'est un oiseau de nuit, hein ?

— Pas en ce moment, en tout cas ! Trop de tension, de stress...

Il s'interrompit, fasciné par l'imperceptible ombre vert d'eau qui soulignait la frange de ses cils stupéfiants.

— Regarde sur la table, l'enjoignit-elle en retournant à son clavier. Quelqu'un t'a envoyé un sapin de Noël !

Carter lut la carte qui accompagnait le petit arbre.

— Je ne vois pas de qui il s'agit, affirma-t-il. C'est peut-être à toi qu'on l'a envoyé ?

Mallory parut hésiter. Carter la dévisagea. Elle devait bien le savoir, non ? Cela venait forcément du type avec lequel elle sortait depuis qu'ils étaient à New York...

— Peut-être bien, oui..., finit-elle par lâcher. En tout cas, nous avons un arbre de Noël.

Déconcerté, Carter rétorqua :

— Eh bien, joyeux Noël ! En ce qui me concerne, mon vœu de Noël est de résoudre le dossier « Petit pois » !

« Pour qu'ensuite tu me voues une admiration éperdue, ce qui me donnera le courage de te séduire. »

Devant le silence de Mallory, il affronta de nouveau ses cils fabuleux et lui demanda sur quoi elle travaillait.

— Je fais des recherches sur les couronnes dentaires.

— Tu n'as pas besoin de couronnes dentaires, il me semble ?

— Moi, non ! Cela concerne le témoin de ce matin. Je cherche à savoir si elle pourrait blanchir ses couronnes comme des dents naturelles.

S'efforçant de se détacher de ses cils, incroyablement longs et soyeux, qui dessinaient un surprenant paysage d'ombres sur ses joues, Carter porta son regard sur le reste de Mallory.

L'eau lui monta carrément à la bouche. Elle avait retiré sa veste. Restaient donc le pantalon terriblement moulant et surtout le top quasiment transparent à travers lequel il voyait presque la courbe de ses seins. Bonté divine ! Etait-elle sortie avec ce type — peu importe qui — dans cette tenue ?

Les yeux de Carter revinrent prudemment sur ceux de Mallory. Ces fichus cils se balançaient toujours autant.

— Et tu as trouvé ? s'enquit-il, se souvenant soudain des couronnes.

Il s'en fichait totalement, mais il devait absolument penser à autre chose. Chaque trait du visage de Mallory lui semblait plus spectaculaire que ce matin.

— Non, rien du tout, répondit-elle en lui souriant.

Ses lèvres étaient plus roses et plus pleines que d'habitude, non ?

— Tu dois être fatigué, poursuivit-elle. Je pense que nous devrions aller nous coucher !

« Tout de suite ? Tu ne crois pas qu'on devrait échanger d'abord quelques baisers, quelques phrases romantiques ? Bon, mais si tu veux maintenant, je suis d'accord ! »

Au prix d'un gros effort, Carter parvint à redescendre sur terre. « Voyons ! » se sermonna-t-il, Mallory n'avait pas voulu dire se coucher *ensemble*, mais chacun dans son lit. Heureusement qu'il avait réfléchi avant de dire n'importe quoi... Pour une fois !

— Cela dit, si tu veux d'abord boire une tisane ou un café, pas de problème... reprit-elle en se levant.

Puis elle s'approcha de lui et Carter fit instinctivement un pas en arrière. La lumière faisait briller sa chevelure blonde un peu ébouriffée, ce qui le perturba, car elle n'était jamais décoiffée... Mais son rouge à lèvres était impeccable, ce qui était plus rassurant...

— On a des nouvelles de Phoebe pour la séance de demain ? lui demanda-t-il, une façon détournée de savoir depuis combien de temps elle était rentrée…

— Tu as raté son coup de fil d'une minute !

Sa façon de parler aussi était différente, non ? Ses lèvres bougeaient plus lentement, détachant les mots à travers un sourire suave… Elle ajouta en souriant de plus belle :

— Phoebe semblait déçue que tu ne sois pas là !

— Tu rêves ! riposta Carter.

Mallory s'approcha plus près :

— Mais non ! Tu as un certain charme, tu le sais bien !

La gorge sèche, Carter recula d'un nouveau pas. Elle avança d'autant, et ce petit ballet continua jusqu'à ce qu'il se retrouve pour ainsi dire adossé à la porte de sa chambre. Bon sang, à quoi jouait-elle ? !

Plongeant son regard dans le sien, Mallory dit doucement :

— Regarde en l'air ! Je t'ai coincé juste sous le gui…

— Le gui ? Quel…

Mais le mot se perdit sous la soudaine pression des lèvres de Mallory sur sa bouche.

Simple tradition, juste un baiser amical ! Alors pourquoi ressentait-il soudain une telle excitation ? Dans un élan de tout son corps, il lui rendit son baiser, affolé à l'idée que ce ne soit pas une bonne idée.

Mais il sentit Mallory frémir sous sa bouche. Voilà le signe qu'il attendait ! Le sang bouillonnant dans ses veines, il eut une vision d'elle au lit, un peu timide, le laissant, pour une fois, prendre l'initiative, puis s'embrasant sous ses caresses, l'inondant de son plaisir brûlant et explosant avant qu'enfin il ne la pénètre et…

La tête en feu, les jambes tremblant sous la montée violente de son désir, Carter prit entre ses mains le visage levé vers lui et embrassa Mallory comme il l'avait rêvé, lentement, profondément, passionnément. Puis, mû par une envie irrépressible de la tenir dans ses bras, il l'enlaça et la serra contre lui, pressant ses seins sur son torse. Ensuite, il glissa les mains le long de son dos avant de les poser sur ses hanches, et l'attira vers son corps tendu. Ce n'était pas assez. Son ardeur le poussait à empoigner ses fesses si rondes, à rapprocher encore plus près de lui ses courbes exquises, mais tandis que ses mains descendaient toujours, il entendit une voix demander : « Bon sang ! Qu'est-ce que tu fabriques ? »

Ce n'était pas la voix de Mallory, c'était la voix de la raison dans sa tête, qui le rappelait à l'ordre. Qu'est-ce qui lui avait pris ? Elle n'en demandait pas tant, ce n'était qu'un simple baiser sous une boule de gui ! A contrecœur, Carter se détacha très lentement de la jeune femme, puis se risqua à la regarder.

Les joues empourprées, la bouche gonflée, elle rouvrit les yeux. Etait-ce le fruit de son imagination, ou avait-elle vraiment laissé ses lèvres sur les siennes jusqu'au tout dernier moment ? Non ! Il l'avait rêvé, bien sûr ! C'est lui qui avait laissé ses lèvres sur celles de Mallory. D'ailleurs, Mallory n'était pas du genre à le pousser à prolonger un baiser…

— Eh bien ! dit-elle d'une voix altérée. Embrasse une seule fois Phoebe Angell de cette manière, et nous n'aurons aucune difficulté à négocier !

Carter laissa péniblement retomber ses mains et se demanda si elle disait ça pour rire, ou si elle le pensait vraiment. Dire qu'il avait failli rompre son serment de gagner son respect avant de la séduire… Mais elle l'avait arrêté à temps, avec ces mots qui évoquaient sa plus grande crainte : avoir été choisi pour ce dossier parce que Phoebe Angell était une femme, et que lui était un homme qui attirait les femmes…

Il recula vivement, loin de la boule de gui, loin de ce regard qu'il avait cru jusque-là glacial, mais qui le brûlait maintenant, puis demanda :

— Franchement, tu veux que je règle l'affaire comme ça ?

Elle baissa la tête, et il ne put voir l'expression de son visage lorsqu'elle murmura :

— Non, pas vraiment.

— Eh bien, tant mieux, parce que je n'en ai pas l'intention !

Amer, Carter se détourna, entra dans sa chambre et ferma la porte avec un petit bruit sec. Il aurait pu la claquer, mais c'eût été un geste trop... adolescent ?

Un peu plus tard, il se coucha, submergé par l'énervement et la frustration, lorsqu'une pensée traversa son esprit : ni Athéna ni Bérénice ne lui avaient fait d'avances au cours des soirées précédentes. En outre, il s'était trompé en imaginant que Mallory voulait qu'il poursuive son baiser — et au-delà. En fait, elle lui avait même suggéré de tenter le coup avec Phoebe Angell !

Donc, deux conclusions s'imposaient : premièrement, la *seule* chose que Mallory voulait de lui, était qu'il règle le dossier « Petit pois », peu importe avec quels moyens ; deuxièmement, il n'avait pas à s'inquiéter d'attirer moins les femmes car sa séduction n'opérait plus : à vingt-neuf ans, le trop-plein de ses hormones mâles s'était enfin tari...

Enfin, non ! Pas complètement, sinon comment pourrait-il ressentir une telle excitation ? Il devait en rester un peu, malgré tout... Mais s'il n'était plus une bête de sexe — comme disaient certaines femmes — ni assez intelligent pour épater Mallory, il était quoi, alors ?

Evidemment, comme le lui avait rappelé Mallory, il restait Phoebe Angell... Qui, elle, au moins, semblait envoûtée par son charme !

« Voilà qui n'allait pas l'aider à trouver le sommeil », songea-t-il en boxant son oreiller.

Mallory ne parvenait pas à dormir. Elle finit par se lever, enfila sa robe de chambre de voyage, si pratique mais qui lui parut tout à coup hideuse, puis sortit de sa chambre sur la pointe des pieds. Peut-être qu'une tasse de chocolat l'aiderait à trouver le sommeil ?

En traversant le salon, elle aperçut la boule de gui se balançant devant la porte de Carter. Comment résister ? Elle s'approcha et colla prudemment son oreille à la porte. Et perçut le léger ronflement dont elle avait tellement rêvé, doux, rassurant. Un ronflement qui ferait vibrer sa peau nue, si elle était dans ses bras...

Une brûlure fulgurante surgit au creux de son ventre, et elle dut s'appuyer contre la porte avant de se laisser glisser par terre, terrassée par un désir d'une intensité dont elle ne se serait pas cru capable. La porte s'ouvrit sous son poids et, avec un grand cri, elle s'effondra dans la chambre.

La lumière s'alluma. Carter s'assit dans son lit, clignant vers elle des yeux ensommeillés.

— Mallory ? C'est toi ?

— Euh, oui ! chevrota-t-elle. Excuse-moi ! Je ne pouvais pas dormir, alors j'ai voulu me faire un chocolat chaud et...

« Seigneur ! Il est nu sous ce drap... Et quel désordre dans sa chambre ! »

— ... Et alors, j'ai trébuché sur ce tabouret, tu sais, le petit devant le fauteuil en velours beige, poursuivit-elle en bafouillant, inventant son mensonge au fur et à mesure. Comme j'ai cru que je t'avais réveillé, je suis venue écouter à ta porte pour vérifier si tu dormais encore. Alors la porte s'est ouverte toute seule et je suis tombée !

Maintenant, en tout cas, il était bien réveillé, pas de doute ! Tirant sur le drap, il la dévisageait avec un drôle de regard ! « Probablement à cause de cette fichue robe de chambre », songea Mallory. Il devait la trouver encore plus hideuse qu'elle-même la trouvait. C'est vrai qu'elle ne se sentait pas sexy du tout avec ça sur le dos…

— Je suis vraiment désolée, crois-moi, dit-elle encore, affreusement gênée. Cela ne se reproduira plus. Rendors-toi vite, d'accord ?

Ouf ! Elle s'en était tirée, non sans s'être une nouvelle fois humiliée. Elle se rua dans sa chambre, ferma la porte puis demeura quelques instants immobile et tremblante. Une minute de plus, et elle rejoignait Carter dans son lit… Ou bien se mettait à ranger sa chambre. Non, pas de doute ! Elle l'aurait rejoint dans son lit…

D'ailleurs, si elle voulait qu'il lui accorde la moindre attention, c'était ce qu'elle devait faire, non ? « Elle en discuterait avec Maybelle demain soir », décida-t-elle.

« Il s'en était fallu d'un cheveu ! » songeait Carter le lendemain matin, essayant de se calmer sous la douche. Il l'avait eue à portée de main, et il avait vraiment dû se retenir pour ne pas l'embarquer dans son lit. Son excitation était telle, son désir pour elle si violent, qu'il avait eu un mal fou à se dominer…

Mais comment l'aurait-elle respecté s'il avait abusé de la situation ? D'ailleurs, elle semblait tellement désolée de l'avoir réveillé ! Après tout, c'était arrivé par hasard, elle n'avait tout de même pas fait *exprès* de tomber dans sa chambre, si ? Non ?

Carter sortit de la douche en grommelant. Encore un hasard de ce genre et sa volonté serait réduite à néant… Allons, il fallait se concentrer sur le dossier « Petit pois » !

En fait, le plus important était d'amener Mallory à penser qu'il était un type brillant, voilà tout, qu'il parvienne ou non à régler ce dossier ! Il termina nerveusement de s'habiller et entra dans le salon.

Comme d'habitude, Mallory s'y trouvait déjà, l'air encore plus paniqué que la veille, lorsqu'elle ne trouvait pas sa carte de crédit. Elle portait son tailleur noir. Non, pas le même, constata Carter en y regardant de plus près. C'était un autre tailleur noir, très différent. Il semblait même qu'elle ne portait pas de « top » en dessous... Juste cette veste ajustée et ce pantalon moulant...

Elle était absolument irrésistible !

Mais il *devait* résister. Donc vite détourner ses pensées...

— Tu as encore perdu quelque chose ? demanda-t-il.

— Eh bien, euh... On m'a donné la carte d'un coiffeur, et je la cherche, parce que je vais avoir besoin d'une petite coupe si on reste plus longtemps ici, tu comprends, sinon j'aurai l'air d'une hippie, alors je voulais juste prendre un rendez-vous, quitte à l'annuler si on rentre avant...

Elle triait frénétiquement tout un paquet de cartes de visite, puis avoua soudain :

— En fait, je me sens affreusement gênée pour hier soir !

Après un bref instant de réflexion, Carter décida de se comporter, pour une fois dans sa vie, en vrai gentleman.

— Qu'est-ce qu'il s'est passé, hier soir ? demanda-t-il, s'efforçant d'adopter une expression perplexe.

— Tu ne t'en souviens pas ? murmura Mallory, cessant de tripoter ses cartes.

— Bien sûr que si ! Je suis rentré, tu faisais des recherches sur les couronnes en porcelaine, tu m'as montré le sapin et tu m'as embrassé sous le gui. Voilà !

— J'ai dû succomber à l'ambiance de Noël, se justifia-t-elle, rougissante. Mais après, tu ne te rappelles pas ?

— Ben si ! Le réveil a sonné à 7 heures ce matin.

Ecarlate, elle esquissa un sourire feint mais adorable.

— Et si on descendait prendre notre petit déjeuner ?

120

S'efforçant de refouler le souvenir de l'occasion manquée de cette nuit, Carter l'escorta vers la porte, en s'interdisant de regarder ses jolies petites fesses cette fois-ci.

Une nouvelle idée l'arrêta tandis qu'ils s'apprêtaient à quitter la suite. Une toute petite idée, mais qui risquait de faire plaisir à Mallory… Après tout, elle avait bien acheté une boule de gui pour leur rappeler que Noël approchait !

— Ah ! J'ai oublié un truc, s'écria-t-il. Pars devant. Je descends par le prochain ascenseur.

Il lui fallut fouiller plusieurs minutes dans le tas des vêtements qu'il avait portés depuis son arrivée à l'hôtel. Mais il finit par trouver ce qu'il cherchait au fond d'une poche et, peu après, le petit sapin arborait une unique décoration, celle qu'il avait achetée chez Bloomingdale's pour contribuer à la hotte de Noël du bureau : une grosse boule de verre soufflé ornée d'un mince filet or et argent. L'arbre semblait minuscule à côté, mais Carter trouva l'ensemble plutôt joli. Pourvu que Mallory le remarque !

En quittant la suite, il aperçut une carte de visite par terre, qu'il ramassa. Il la lut en attendant l'ascenseur : « M. Ewing — Coach en personnalité » « *comment se trouver soi-même en un rien de temps* ».

« Quelle étrange formule ! » songea Carter. Ce coach ferait bien de changer d'agence de publicité ! Puis le concept l'atteignit enfin. « Soi-même ». Se trouver, donc se changer.

Ces gens-là s'avéraient le plus souvent des charlatans… De toute façon, il ne saurait jamais si M. Ewing était ou non un charlatan, puisqu'il n'avait besoin de l'aide de personne.

A moins que… Peut-être avait-il besoin d'aide. Quel mal y avait-il à conserver cette carte, en fin de compte ? D'ailleurs, certaines personnalités payaient des fortunes pour les services de ce genre de coach…

L'ascenseur arriva. Carter empocha la carte et descendit rejoindre Mallory pour le petit déjeuner. Ce matin, il reprendrait des œufs. Au diable le cholestérol ! Il avait besoin de toute l'énergie qu'il pourrait engranger !

9.

— Dites-moi, les taches vertes ont-elles indisposé votre bébé ? demanda Carter au nouveau témoin de Phoebe.

— Non, heureusement ! répondit Rosalind McGregor en faisant la moue. Parce que j'ai immédiatement nettoyé le produit, et ensuite je lui ai passé de la crème sur la poitrine.

Carter faisait pensivement rouler son stylo entre ses doigts. Cette femme aurait été jolie sans son air de mégère…

— Combien de temps les taches sont-elles restées visibles ?

— Suffisamment longtemps pour qu'elle rate un casting très important, qui aurait pu lancer sa carrière de bébé mannequin ! rétorqua la jeune mère.

— Elle peut faire des castings maintenant, non ? suggéra Carter avec un sourire d'encouragement.

— Mais elle a perdu six mois !

— Avait-elle des contrats avant l'incident de teinture ?

— Non, mais euh…

— Et depuis que les taches sont parties ?

— Euh, non plus, mais…

— Objection ! coupa Phoebe.

Carter ressentait le besoin urgent de marquer une pause, de s'éloigner de la cupide Madame McGregor, de s'éloigner du regard aguicheur de Phoebe, qui contrastait tant avec ses remarques acides, et surtout, de s'éloigner de Mallory, assise près de lui, si près que la chaleur de son corps transmettait au sien une énergie aux effets électriques. La chance lui sourit sous la forme d'un appel téléphonique. Il s'excusa avant de suivre dans un bureau vide l'assistante qui lui passa la communication.

— Carter ? Bill Decker à l'appareil.

— Salut, Bill, qu'est-ce qui se passe ?

Le directeur juridique devait certainement avoir une idée trop géniale pour attendre que Mallory ou lui ne l'appelle, ce qu'ils faisaient au moins trois fois par jour !

— Je pensais à un truc. Euh, en fait, ça m'ennuie un peu d'en parler…

— Oui ? l'encouragea Carter, s'exhortant à la patience.

— Comment ça se passe avec Phoebe Angell ?

— Bien, il me semble, répondit Carter soudain attentif. Pourquoi, elle s'est plainte ?

— Non, pas du tout, dit Bill. En fait, elle a cherché à savoir quel type de relation vous aviez avec Mallory et toi, euh…

Carter attendait silencieusement la suite, pressentant qu'elle serait désagréable.

— Je lui ai assuré que Mallory et vous étiez collègues, rien de plus. Je veux dire, Mallory, c'est Mallory, non ? poursuivit Bill.

« Non, plus maintenant ! » objecta Carter pour lui-même, tripotant de nouveau son stylo.

— Mes relations avec Mallory ne regardent pas Phoebe, il me semble ? répondit-il d'un ton un peu sec.

— Bien sûr que non, répliqua vivement Bill. Mais…

— Mais quoi ? Allez, Bill, crachez le morceau !

— Mais je me demandais simplement si accorder une attention un peu particulière à Phoebe ne faciliterait pas les choses, n'aiderait pas à adoucir les tensions, à canaliser ses intérêts, vous voyez ce que je veux dire ?

« Et comment ! C'est exprimé si clairement. »

— C'est la raison pour laquelle vous m'avez confié le dossier, Bill ? demanda Carter.

Il était conscient que la question était bien trop brutale pour quelqu'un qui était son patron, après tout. Mais il fallait qu'il sache, bon sang !

— Vous voulez que je me prostitue pour tirer Sensuous d'affaire, c'est ça ? enchaîna-t-il.

— Pas du tout, voyons ! riposta Bill.

Ceci d'un ton tellement outré que cela confirma Carter dans sa conviction qu'on l'avait bien désigné pour cette raison précise.

Bill Decker poursuivit d'une voix doucereuse :

— J'ai voulu que vous preniez l'affaire en main parce que j'étais absolument certain que vous sauriez parvenir à une négociation en utilisant tous… les moyens à votre disposition, conclut-il après un instant d'hésitation.

Carter, glacé, déclara :

— Moi aussi, je suis absolument certain d'obtenir une négociation, Bill ! Mais je préférerais y arriver d'une façon, disons plus honnête, d'accord ?

Ils se quittèrent en bons termes, mais Carter se sentait mal à l'aise. Cet appel avait été la goutte qui fait déborder le vase ! Durant les dernières minutes de la conversation, il avait tripoté au fond de sa poche la carte de visite du « coach en personnalité ». Après avoir raccroché, il la sortit puis réfléchit. Un changement d'image lui paraissait indispensable, pas seulement pour conquérir Mallory, mais aussi pour « se trouver » lui-même… S'il utilisait un faux nom et payait en liquide, personne ne saurait jamais que le brillant Carter Compton, star montante du barreau, était pris, à l'âge de vingt-neuf ans, d'une crise identitaire !

Il composa donc le numéro de l'agence afin de prendre rendez-vous.

— Quel est votre nom ? roucoula la voix masculine qui avait pris la communication.

— Jack Wright, répondit Carter après une hésitation.

— Voyons voir, monsieur Wright… Pouvez-vous venir tout de suite ?

— Tout de suite ? s'étonna Carter, qui regrettait déjà d'avoir appelé. Non, c'est impossible, je travaille.

— A l'heure du déjeuner, alors ?

C'est bien ce qu'il avait pensé… Un charlatan sans aucun client. Ce type n'avait même pas la finesse de prétendre que M. Ewing était débordé, mais qu'il allait essayer de le caser entre deux rendez-vous !

Néanmoins, il avait besoin de parler à quelqu'un, auquel cas n'importe qui ferait l'affaire, après tout ? Or, jamais un psychiatre ne le recevrait si rapidement !

— Je pourrai arriver vers midi et demi, dit-il lentement.

— Parfait, monsieur Wright, elle vous recevra à ce moment-là.

— Elle ? répéta-t-il à voix haute.

— Cela vous pose un problème de consulter une femme ? demanda la voix, devenue glaciale.

— Non, pas du tout ! répondit vivement Carter, sentant que sa personnalité actuelle le quittait déjà. C'est juste qu'avec ce nom, M. Ewing, je croyais… Midi et demi, O.K.

A midi vingt-cinq, après avoir quitté le cabinet sous les regards furibonds de Mallory et Phoebe, Carter admirait malgré lui l'hôtel particulier abritant l'agence de coaching.

Cependant, cette première bonne impression s'envola dès qu'il eut franchi les marches menant à la porte d'entrée : son regard tomba sur le heurtoir. Pas question de soulever ce machin et de le cogner sur les boules ! A cette simple idée, son bas-ventre se contractait. Il frappa donc avec ses doigts, et patienta.

— Monsieur Wright, le salua le jeune homme qui ouvrit la porte, puis posa aussitôt les yeux sur le heurtoir. Ah ! Le ciel soit loué ! J'ai cru qu'on l'avait volé !

— Vous n'avez jamais eu l'idée de poser une sonnette ? grogna Carter.

— Je suis Richard, répliqua l'homme en souriant. Entrez, je vous prie, Maybelle vous attend.

— Maybelle ?

Carter le suivit avec réticence dans l'entrée de marbre. Parvenu sur le seuil du bureau, il embrassa la pièce d'un regard rapide, la trouva insolite, puis jeta un œil à la femme assise derrière un meuble tout aussi insolite. « Bon sang ! Qu'avait-elle bien pu faire subir à ses cheveux ? » se demanda-t-il.

Maybelle lui fit signe de s'asseoir avant de lui demander :

— Voulez-vous un café ? Normal ou déca ?

— Normal, répondit-il, frigorifié, mais je ne…

Il avait décidé de partir aussitôt son manteau récupéré.

Le regard de Maybelle devint approbateur et elle fit signe à Richard, resté sur le seuil.

— Fichtre ! Il le boit normal, tu entends ça, Dickie ? Apporte-nous vite un grand pot de vrai café bien fort.

Carter ouvrait la bouche pour réclamer son manteau lorsqu'elle dit en souriant largement :

— Vous n'êtes pas venu que pour un café, hein ?

Alors Carter la dévisagea, et lut dans les immenses yeux bleus la promesse qu'on écouterait avec attention tout ce qu'il aurait à dire.

— Non, avoua-t-il.

— Alors, dites-moi tout.

« C'était désespérant ! » se lamentait Mallory. Bien qu'elle ait suivi toutes les recommandations de Maybelle, voilà que Carter déjeunait avec quelqu'un d'autre ! Et ce n'était même pas avec Phoebe, qui, au moins, était une rivale connue…

Celle-ci l'avait invitée à l'accompagner au bistrot du coin, mais Mallory avait refusé devant son expression clairement peu enthousiaste. Elle était donc rentrée à l'hôtel et avait avalé une salade dans la salle de restaurant avant de se précipiter dans sa suite. Il lui fallait absolument s'examiner devant le miroir en pied et trouver ce qui n'allait pas !

A peine eut-elle ouvert la porte que son regard tomba sur le petit arbre de Noël portant la décoration que Carter avait achetée chez Bloomingdale's le premier soir.

Stupéfaite, elle devina aussitôt que cette unique décoration exprimait un message. Son esprit trop pragmatique l'empêchait d'en trouver le sens exact, mais elle avait la certitude que c'était quelque chose, du style « Content que tu aies acheté cette boule de gui »… Elle prit soudain conscience du poids qui pesait au creux de son ventre, et qui s'était niché là depuis longtemps déjà, depuis qu'elle travaillait avec Carter, en fait, et chaque jour plus lourd, plus difficile à ignorer…

Alors, en regardant la boule de verre, elle décida fermement : « Ce soir ou jamais ! »

Carter rejoignit le cabinet Angell les nerfs à vif. « Ebranlé et vulnérable », songea Mallory. Et en retard.

Mais le réprimander n'entrait pas dans une tactique de séduction…

— Ça ne va pas ? se contenta-t-elle de demander.

— Ça peut aller bien avec une rage de dents ? grogna-t-il.

— Oh ! Excuse-moi ! répliqua-t-elle sans conviction.

Curieux… Il ne s'était plaint d'aucune douleur dans la matinée, sa joue n'était pas gonflée, et il avait mangé du bacon croustillant au petit déjeuner. La crise avait dû être assez soudaine... Ou bien il mentait.

Apparemment, il ne devait pas trop souffrir, car à 17 h 30, il avait liquidé la séance avec Rosalind McGregor et annoncé qu'il devait partir.

A ce moment-là, Mallory espéra qu'il allait *vraiment* chez le dentiste. Mais en cheminant péniblement vers l'hôtel sous une neige fine, le doute l'envahit une nouvelle fois.

Il lui restait une heure avant de retrouver Maybelle chez Bergdorf's et elle se retrouva en train de tourner en rond dans la suite.

Seigneur, comme la suite semblait vide sans Carter ! songea-t-elle. D'ailleurs, sa vie entière semblait vide sans Carter, le passé comme l'avenir...

Une fois chez Bergdorf's, Mallory annonça avec détermination à Maybelle :

— Ce soir, on s'occupe de lingerie !

— Eh bien, mon chou, vous progressez ! Dites-moi, quelque chose de particulier est arrivé aujourd'hui ?

— Carter sort avec quelqu'un, expliqua Mallory d'un ton découragé tandis qu'elles prenaient l'escalier roulant. Ce n'est pas Phoebe, et il n'a cité ni Athéna ni Bérénice, donc il s'agit d'une nouvelle candidate.

— Je crois même qu'il l'a emmenée déjeuner, poursuivit-elle. Il a prétexté une rage de dents, mais c'était sans doute un mensonge. Cela dit, il avait une tête épouvantable en rentrant !

Maybelle déclara en riant :

— J'ai reçu aujourd'hui un homme dont toute l'attitude exprimait que me parler lui faisait encore plus mal qu'une rage de dents !

— Les hommes détestent se confier, c'est ça ?

— Oui ! Ils sont généralement fermés comme des huîtres... Celui-là, j'ai tout de suite vu qu'il était coriace ! Il fallait d'abord percer sa carapace. Je l'ai fait revenir une seconde fois dans la même journée, un record !

Mallory éprouva une certaine sympathie pour cet inconnu.

— Quel est son problème ? Dans la mesure où vous ne trahissez pas un secret professionnel, vous pouvez me le dire ? demanda-t-elle.

— Oh, le truc classique ! répondit Maybelle avec un geste évasif. Les femmes ont toujours eu un faible pour lui, et maintenant il veut qu'elles le voient autrement. Si vous voulez mon avis, il est tombé totalement amoureux d'une fille, mais ne le sait pas encore. Et même s'il le savait, il ne saurait absolument pas comment le lui dire.

Elles avaient atteint le rayon Lingerie. Mallory s'arrêta devant un mannequin revêtu d'une chemise de nuit et d'un peignoir rose pivoine à larges manches qui ressemblait à un kimono très court. La chemise de nuit, une simple tunique de dentelle retenue par deux bretelles extra-fines, était plus courte encore.

— Je veux ça ! déclara-t-elle à Maybelle.

— Vous avez raison, c'est splendide !

Dans la cabine d'essayage, Mallory enfila l'ensemble pivoine. Il lui inspirait une sensation sensuelle qui se confirma dès que l'aérienne tunique glissa sur sa peau nue. Elle frissonna de plaisir sous la caresse de la soie. Le poids du désir qui nichait dans son ventre s'intensifia au point de faire ployer ses genoux. Seigneur ! Si Carter avait été dans la cabine… Elle s'enveloppa ensuite du kimono, le croisa sur ses seins et noua la ceinture. Mais les pans s'écartèrent lentement, soie contre soie. Fermant les yeux, Mallory s'appuya un instant contre la paroi de la cabine.

— Comment ça va, là-dedans ? s'enquit Maybelle.

— Très bien, murmura Mallory. J'ai compris ce que vous vouliez dire, vous savez. Maintenant, je me *sens sexy* !

— Maintenant que vous vous *sentez sexy*, mon chou, dites-moi un peu ce que vous allez faire ?

Alors, dans cet endroit anonyme qui ressemblait à un confessionnal, Mallory lui chuchota tout ce qu'elle avait envie de faire dans cette soie rose pivoine.

Lorsqu'elle regagna l'hôtel, elle comprit, le cœur battant, que Carter était déjà rentré : son manteau traînait sur un fauteuil, sa cravate sur un autre, et sa mallette gisait grande ouverte près du petit sapin, son contenu éparpillé sur la table. En fait, on voyait beaucoup d'objets appartenant à Carter, mais pas Carter lui-même. Sans doute se trouvait-il dans sa chambre. Seul, espérait Mallory.

Sur la pointe des pieds, elle alla déposer ses emplettes dans sa chambre, puis revint dans le salon, toujours silencieusement. Elle ne put s'empêcher de pendre le manteau de Carter, de plier soigneusement sa cravate, de ranger les papiers en petites piles bien nettes. C'était plus fort qu'elle !

Voilà ! Maintenant, elle pouvait s'occuper de ses propres affaires ! Prise d'une faim subite, elle appela le room-service.

— Voulez-vous que nous servions votre dîner en même temps que celui de M. Compton ? lui proposa-t-on.

Refrénant son envie de demander pour combien de personnes Carter avait commandé à manger, Mallory répondit par la négative.

Puis l'oreille collée à sa porte close, elle entendit la sonnette, Carter aller sur la pointe des pieds prendre son plateau et l'emporter dans sa chambre. Lorsque la sonnette retentit de nouveau une demi-heure plus tard, elle alla silencieusement ouvrir, mais fit entrer le chariot dans sa chambre. Puis elle entendit Carter ressortir sur la pointe des pieds et aller déposer son plateau vide…

L'excitation la gagnait… En fait, si elle allait jusqu'au bout de son projet, Carter serait sacrément étonné ! Le plan qu'elle avait fomenté ressemblait fort à une embuscade, pas très franc-jeu mais rudement efficace…

La soirée s'écoula lentement. Après avoir dîné, Mallory alla à son tour déposer en silence son plateau dans le couloir. De la chambre de Carter parvenait le son assourdi d'un film d'action — bang ! crash ! argh ! Elle se plongea longuement dans un bain plein de mousse, se lava les cheveux et les sécha, avant de refaire son maquillage. Enfin, elle alluma la télévision, se forçant à délaisser la chaîne de la Bourse pour un film d'amour.

Plus tard, n'y tenant plus, elle alla de nouveau sur la pointe des pieds écouter à la porte de Carter. Le léger ronflement lui indiqua qu'il dormait enfin.

Le moment était venu de passer à l'action !

« Allez ! Un peu de courage ! »

Elle se glissa dans le salon, puis se mit en position devant la porte de Carter et…

Zut ! Elle avait oublié la liasse de papiers qu'elle devait lui brandir sous le nez !

Repli vers la chambre. Récupération des papiers. Retour à la porte de Carter. Ouvrant la porte à la volée, elle se précipita à l'intérieur.

— Carter ! Je viens d'avoir une idée géniale ! Réveille-toi ! Il faut que je t'en parle tout de suite, pendant que c'est frais dans ma tête !

Tandis que Carter tentait de s'asseoir, battant l'air avec ses bras, elle s'affala sur le lit, et étendit une jambe vers lui.

— C'est le matin ? croassa Carter.

— Pas encore, mais ça ne peut pas attendre !

L'air frais de la chambre s'insinua entre ses cuisses écartées, les pans du kimono glissèrent sur sa peau… ces sensations, conjuguées au fait d'être si près de l'irrésistible masculinité de Carter, la mirent dans un état incroyable !

Elle posa les feuilles de papier de l'autre côté du lit, ce qui lui fournit un excellent prétexte pour se pencher par-dessus Carter, et lui effleurer le torse avec ses seins. Il sembla vouloir remonter un peu sa couverture mais la position de Mallory lui rendit la chose impossible !

— Es-tu suffisamment réveillé pour écouter ? lui demanda-t-elle.

« Oui, il était parfaitement réveillé ! Et beaucoup plus qu'il ne l'avait jamais été de toute sa vie, même ! » songea Carter. Car si ses yeux n'étaient pas encore bien ouverts, le reste s'agitait sous la couverture, prêt à l'action… La lumière entrant par la porte ouverte lui permettait de voir Mallory et de réagir devant son corps vêtu de soie. Quoique « vêtu » soit un peu exagéré… Elle poussa une jambe vers lui et dans le mouvement, le peignoir s'ouvrit, dévoilant la rondeur satinée de ses seins, deux globes crémeux qui ne demandaient qu'à être caressés, embrassés… Ce kimono couleur framboise ne les rendait que plus appétissants !

Cette petite tunique ne recouvrait pour ainsi dire rien non plus… Carter brûlait de glisser ses mains dans l'échancrure, de porter ces seins l'un après l'autre à sa bouche, et d'en sucer les mamelons… Oh ! La faire gémir de plaisir, l'entendre le supplier de continuer… Malgré la subite érection qui le taraudait, il s'efforça d'écouter les explications de Mallory.

— Toutes les dépositions ont un trait commun, tu vois…

Mais ses sens se remirent en alerte lorsqu'elle s'approcha plus près, et, penchée sur lui, posa une main sur sa poitrine. Un geste qu'elle avait fait sans arrière-pensée, car elle n'imaginait sûrement pas que ce simple contact l'embraserait totalement ! Bon sang ! Il fallait qu'il se domine ! Qu'il s'empêche de la toucher ! S'il la touchait, il l'embrasserait, et s'il l'embrassait... ce serait plus fort que lui ! Il ne pourrait plus répondre de rien !

Mais comment résister à la caresse de cette main si douce, si légère, dont les doigts se mirent soudain à jouer avec sa toison, tandis qu'il sentait ses propres mamelons se durcir de plaisir anticipé ?

La fragrance musquée de son parfum l'enivra, une senteur capiteuse, lourde de mystère, tout comme l'éclat qui brillait dans ses yeux... Elle dut sentir qu'il était ensorcelé, car ce fut d'une voix suave, bien plus basse, qu'elle poursuivit :

— En fait, tous les plaignants désirent quelque chose...

Mais elle s'interrompit, le fixa un instant, puis laissa retomber sur ses joues la lourde frange de ses cils.

« Perdait-elle enfin sa maîtrise parfaite de soi ? » se demanda Carter. Mais qu'est-ce qui motivait cette faiblesse ? Un sentiment qu'elle éprouvait pour lui, ou l'excitation d'avoir trouvé une idée ? A moins qu'il ne s'agisse que d'une simple réaction au fait de se retrouver seule dans la pénombre d'une chambre auprès d'un homme presque nu... Après tout, il s'en moquait, non ?

Seigneur ! La prendre dans ses bras, prendre sauvagement cette bouche, prendre le reste de son corps plus sauvagement encore...

— Tout le monde désire quelque chose, articula-t-il d'une voix rauque, tentant de ramener ses pensées au présent.

Il mourait d'envie de lui dire ce qu'il désirait, lui ! Ou plutôt, de le lui montrer, avec sa langue, ses mains, son sexe qui vibrait du besoin lancinant de la pénétrer...

Mallory répondit, un peu hésitante :

— Oui, tu as raison, mais ce qui est intéressant avec nos plaignants, c'est qu'ils veulent tous la même chose. Ils veulent, ils veulent...

Le cœur de Carter s'arrêta lorsqu'elle approcha son visage, puis sa bouche... et soudain ils furent lèvres contres lèvres, il l'entoura de ses bras, laissant courir ses mains le long de son corps mince et souple. Enfin, avec un gémissement qui le fit trembler de convoitise, Mallory allongea ses jambes interminables et Carter put l'attirer sur lui, la presser tout contre lui.

L'excitation de Mallory atteignit alors son comble ! Jamais elle ne pourrait supporter plus ! Avec une ardeur incroyable, Carter enroulait sa langue contre la sienne, ses mains empoignaient ses fesses pour la coller contre son sexe tendu. Torturée de désir, elle ouvrit les cuisses et leurs corps se mêlèrent dans une fièvre moite. Alors elle se pressa instinctivement, voluptueusement contre sa puissance virile, déchirée par le besoin d'apaiser ses sens. Il l'embrassait avec une passion indicible, lui coupant le souffle. Elle écrasait ses seins contre son torse, les tétons douloureux de plaisir, frottant sa peau contre sa toison tandis qu'éperdue de sensations, elle sentait un torrent de lave s'écouler dans ses veines.

— On ne peut pas faire ça ! protesta soudain Carter en tentant de la repousser, mais sans grande conviction.

— Si, on peut, souffla Mallory près de son oreille. D'ailleurs, on est en train de le faire.

— Non, non, il ne faut pas… Oh, mon Dieu ! gémit-il pendant qu'elle dardait sa langue entre ses lèvres et explorait de nouveau sa bouche.

— Pourquoi pas ? murmura-t-elle avant de prolonger sa caresse vers son menton.

— Parce que tu n'en as pas vraiment envie, haleta-t-il comme les lèvres de Mallory atteignaient son cou. C'est juste, je ne sais pas, la nuit, Noël, la tension de ce dossier et…

— Et alors, où est le mal ? demanda-t-elle d'une voix que le désir rendait à peine audible.

— Oh, Mallory ! Nulle part, si ce n'est que demain matin, tu ne me respecteras plus !

Puis, en pleine contradiction avec ce qu'il venait de lui dire, il l'enlaça étroitement et reprit furieusement sa bouche.

Le point de non-retour était franchi…

10.

Mallory dépassait de loin tout ce qu'il avait imaginé d'elle ! Plus douce, plus tendre, plus chaude, comme une crème brûlée qui croustillait puis fondait dans la bouche !

Elle laissa échapper un petit cri de protestation lorsque Carter rompit le baiser passionné qui les emportait bien trop loin et bien trop vite, mais lorsqu'il prit entre les dents le lobe exquis de son oreille et se mit à le mordiller, il sentit que son souffle s'accélérait…

Il voulait prendre son temps. Ce ne serait pas facile, car si son esprit lui recommandait la douceur, son corps brûlait d'un désir enragé… Mais s'il ne devait être pour elle qu'un jouet sexuel, juste bon à assouvir cette surprenante pulsion, alors il serait le meilleur amant qu'elle ait jamais choisi.

Oubliées, les bonnes résolutions ! Une seule idée l'obsédait dorénavant : avoir Mallory contre lui, toucher chaque parcelle de son corps. Comme il aimait peser ainsi sur elle, offerte et frissonnante tandis qu'il explorait son oreille de sa langue ! Puis il fit glisser sa bouche le long de sa joue vers le cou, où il enfouit son visage pendant qu'une de ses mains trouvait enfin les douces collines des seins.

Elle se cambra contre lui en gémissant, et le sein se nicha parfaitement au creux de sa paume, si ferme, si velouté, le mamelon érigé tel un bouton de rose. Sentant une pulsion sauvage l'ébranler, Carter s'écarta un peu, s'exhortant à la patience. Sans doute Mallory n'avait-elle pas une grande expérience en matière sexuelle, mais quand bien même ce serait le cas, quand bien même il existerait une Mallory secrète, il voulait lui offrir le meilleur de lui-même…

Il lui caressa doucement les seins avant de céder au besoin urgent de les regarder, d'en presser la pointe entre ses doigts, de la sucer, d'en emplir sa bouche… Sa main repoussa les pans du kimono puis les bretelles de la tunique. Le cœur battant, il vit que Mallory l'aidait, tentait de se dégager du léger vêtement.

— J'ai une idée pour te sortir de là, murmura-t-il d'une voix rauque de désir.

Il laissa lentement glisser ses mains vers le bas de la tunique, explorant sous la soie les courbes exquises. Puis il prit l'ourlet entre ses doigts et le roula plus lentement encore, remontant le tissu tandis que ses paumes effleuraient l'intérieur des cuisses satinées avant d'atteindre le renflement soyeux, sur lequel elles se posèrent. Avec un frisson de plaisir, Mallory se tendit au creux de sa main.

— Mmm ! chuchota Carter. Je vais enfin savoir si tu es une vraie blonde…

Il accentua la pression de sa main et frémit lorsqu'elle se frotta voluptueusement contre lui :

— Oh, mon Dieu !

Les doigts impérieux de Carter avaient découvert le trésor caché, l'endroit secret qu'il allait explorer encore et encore tout au long de la nuit, avec ses mains, avec sa langue, avec son sexe vibrant de désir. Mallory se cambra avidement sous la caresse et protesta lorsqu'il s'interrompit pour remonter le reste de la tunique de soie, non sans revisiter un instant avec délectation la vallée crémeuse de ses seins.

Enfin, elle fut nue. Il enlaça son corps long et mince, l'attira au plus près de lui et gémit lorsque le triangle humide effleura son membre douloureusement tendu. « Il pouvait mourir, maintenant », songea-t-il, jamais il n'éprouverait de sensations plus brûlantes que celles naissant de ces mains douces pressant son dos, attisant le besoin animal d'apaiser l'irrésistible fièvre qui montait en lui.

Pour éloigner le déferlement de la vague, il fit glisser sa bouche vers ses seins et en mordilla la pointe dressée comme des fruits exquis. Les paumes en coupe autour des globes satinés qu'il pressait contre ses lèvres, il se repaissait de la chaleur de sa peau tandis qu'elle ondulait de désir contre lui. Il voulait la torturer jusqu'à ce qu'elle le supplie d'en finir, jusqu'à ce qu'elle crie grâce. Mais pas avant d'avoir exploré, caressé, embrassé tout le reste de ce corps merveilleux…

S'écartant légèrement, il traça un chemin de baisers vers le nombril, puis plus bas, vers ce qu'il devinait être du même blond argenté que ses cheveux. Il y enfouit son visage, s'enivrant de sa senteur de femme, follement érotique, avant que sa langue ne trouve enfin le tendre bouton caché et le goûte, le savoure avec délectation.

Elle brûlait sous sa bouche d'un feu liquide, une coulée de lave bouillonnante, semblable à celle qui courait dans ses propres veines. Il la sentit gagnée par le plaisir et glissa ses doigts en elle sans cesser de lécher la fleur délicate de sa féminité.

Alors elle explosa, criant sa jouissance, la tête renversée dans une extase voluptueuse.

Etonné, ravi, Carter la tint ensuite contre lui, tremblante de plaisir, attendant le moment de la pénétrer enfin, longuement, et de crier à son tour, lui aussi.

« C'était donc ça, la volupté suprême ! » pensait Mallory, blottie dans les bras de Carter, n'osant y croire, le corps encore vibrant des spasmes qui l'avaient envahie quelques minutes plus tôt. Jamais elle n'avait éprouvé de telles sensations au cours des quelques brèves rencontres qu'elle avait vécues auparavant, et qui l'avaient laissée sur sa faim… Dans ses rêves les plus fous, elle avait souhaité de toutes ses forces vivre cela avec Carter, et voilà que ce moment était enfin arrivé, comme si elle s'était retenue pour lui !

Elle se laissa aller tout contre lui, l'embrassa dans le cou, doucement. Carter frémit sous sa bouche et se pencha de nouveau vers elle, fit courir ses lèvres le long de sa joue, autour de son menton, puis descendit lentement jusqu'à ses seins. Il en agaça les tétons de sa langue tout en effleurant de son torse viril le mont renflé, plus bas. Mallory ondula sous lui, étonnée de ressentir une nouvelle vague de désir la consumer, mais elle voulait autre chose, maintenant. Et lui aussi, elle en était certaine…

Alors elle vint se glisser sur lui, frottant son corps brûlant et humide contre le membre tendu. Carter gémit de surprise, la saisit par les hanches et la fit aller et venir sur son ventre en ébullition, accélérant la cadence au fur et à mesure que l'excitation de Mallory montait. Eperdue de passion, elle se mit à bouger de plus en plus vite, de plus en plus fort. Les reins en feu, il se tendit vers elle, l'accompagnant dans sa danse fiévreuse. Lorsque les spasmes du plaisir l'envahirent de nouveau, elle le supplia de venir, de la combler enfin.

— Attends, attends encore un peu…, haleta-t-il.

Mais emportée par une vague bouillonnante, puissante, incontrôlable, elle gémit :

— Maintenant, Carter, je te veux en moi maintenant !

Alors il plongea en elle, dur, brûlant, l'emplit comme elle le souhaitait, puis se mit à aller et venir, d'abord doucement, lentement. Mais bientôt le désir le submergea lui aussi, et il la pénétra plus fort, plus vite, intensifia ses coups de rein tandis qu'elle se cambrait pour mieux l'accompagner, s'offrant sans réserve à sa fougue sauvage, à son plaisir imminent qui le poussait en elle, encore et encore, jusqu'à ce qu'enfin, ils sombrent ensemble dans une même jouissance, dans un même cri, et qu'ils s'écroulent l'un contre l'autre, bouleversés et apaisés.

Ensuite, le corps brûlant et moite, Carter retomba doucement à côté de Mallory mais sans la lâcher. Il voulait qu'elle reste là, contre lui, avec lui. Et elle s'abandonna à son étreinte, accordant son souffle au sien.

Un peu plus tard, elle chuchota :

— Tu regrettes ?

— Non, répondit-il, et elle le sentait sourire contre sa joue. Et toi ?

— Non plus. C'était bien…

— Je suis sûr de pouvoir faire encore mieux…, répliqua-t-il en laissant ses mains explorer de nouveau le long corps satiné.

La nuit ne faisait que commencer.

« Une nuit qui resterait à jamais gravée dans son cœur », songea Mallory. Elle avait fait preuve d'une audace incroyable pour parvenir dans les bras de Carter, et quand bien même elle ne pourrait y rester toute sa vie, quand bien même ces quelques heures seraient les seules qu'elle obtienne de lui, leur souvenir serait un trésor qu'elle chérirait toujours.

Le lendemain matin, Carter se dressa dans le lit et contempla le désordre de la chambre.

— Eh bien ! Quel bazar ! s'exclama-t-il d'un ton satisfait.

Avec un bâillement langoureux, Mallory se retourna, repoussant les draps froissés. Son regard tomba sur la corbeille à papier. Plutôt remplie.

— Quelle présence d'esprit ! Tu emportes toujours un tel stock de préservatifs ? demanda-t-elle en souriant..

— Tu n'es pas la seule à savoir faire des bagages ! rétorqua Carter en lui retournant son sourire.

— Je ne te cède pas encore la médaille d'or, mais tu as gagné une place dans la compétition ! admit Mallory.

Se penchant vers elle, Carter parcourut des yeux son long corps nu.

— Je ne pense pas pouvoir tenir jusqu'au petit déjeuner ! murmura-t-il.

— Comme tu voudras, répliqua Mallory. Mais il nous faut du café, une douche. Je veux me brosser les dents. Carter, non…

Un peu plus tard, ils se décidèrent enfin à prendre le petit déjeuner. Mallory s'éclipsa pendant que Carter téléphonait au room-service. Après avoir commandé de quoi ravitailler un palais de justice au grand complet, il l'appela à tue-tête.

— Je suis là ! répondit-elle.

— Où ça ?

Carter se laissa guider par le nuage de vapeur qui s'échappait de la salle de bains ! Il s'approcha sur la pointe des pieds pour surprendre Mallory. Mais une fois parvenu devant la cabine de douche, le battant s'ouvrit et la main de Mallory l'attira à l'intérieur, sous le jet brûlant.

— Pense un peu à toute l'eau qu'on économise en se douchant ensemble…, murmura-t-elle.

Le désir envahit Carter en regardant Mallory. Les cheveux clairs plaqués encadraient son visage empourpré par la chaleur, des perles d'eau alourdissaient ses longs cils et soulignaient ses yeux comme des bijoux, son corps exquis luisait dans la moiteur de la cabine, et sur sa peau pâle ressortait le bouton rose de ses tétons tendus vers lui, vers ses doigts avides de les toucher.

Carter attrapa le savon, le fit mousser entre ses mains qu'il passa ensuite sur les seins de Mallory en une lente caresse. Elle frissonna et ferma les yeux.

— Laisse-moi te rendre toute propre…

Il sentit les mamelons se durcir malgré la chaleur tandis que ses paumes enduites de mousse descendaient vers le ventre lisse, puis remontaient le long du dos, vers les épaules et les bras, et enfin enrobaient les fesses rondes. Mallory glissait contre lui, se frottait contre sa peau mouillée d'une façon qui lui faisait perdre la tête. Il s'agenouilla lentement devant elle, jusqu'à ce que son visage se retrouve à la hauteur de la touffe blonde et humide, puis posa sa bouche sur la fente brûlante dans laquelle il avait puisé tant de plaisir au cours de la nuit.

Gémissante, elle lui empoigna les cheveux, l'attirant au plus près de sa chair palpitante, se cambrant et ondulant sous la caresse experte. Carter savourait le plaisir de la voir s'offrir ainsi. Elle se figea soudain en entendant sonner à la porte de la suite.

— On s'en fiche ! grogna Carter, qui, refusant de se laisser distraire, reprit le cours de son exploration.

Mais Mallory le repoussa avec un exquis rire de gorge.

— Je ne peux pas ! S'il te plaît, va ouvrir. Mais reviens vite !

A contrecœur, Carter se remit sur ses pieds sans prendre la peine de se sécher. Avant de sortir, il regarda la bouche pulpeuse, aux lèvres lourdes de désir, qui riait doucement, et serra Mallory contre lui.

— J'ignorais tellement de choses de toi…, murmura-t-il.

— Quoi, par exemple ?

— Que tu étais capable de faire l'amour et de rire en même temps. Que…

« Que tu étais capable de me désirer autant, ou de me le faire croire… », conclut-il pour lui-même.

L'émotion qui l'envahit alors le bouleversa. Se reprenant, il lui donna une petite claque sur les fesses et ajouta, avant d'aller réceptionner le petit déjeuner :

— Je ne te savais pas capable d'attendre aussi longtemps ton café du matin !

Quelques instants plus tard, ils étaient tous les deux dans le lit, dévorant avec appétit œufs et viennoiseries arrosés de jus d'orange et de café.

Lorsque Carter estima que Mallory était suffisamment rassasiée, il l'enlaça et la pressa contre son érection naissante.

— Tu ne peux pas avoir encore envie, gémit-elle.

— Bien sûr que si ! rétorqua-t-il. Pourquoi s'arrêter, le mal est fait, non ? Nous sommes venus à New York pour travailler ensemble, et nous avons découvert que nous pouvions aussi nous amuser ensemble…

— Je suppose qu'on peut voir les choses ainsi !

Blottie contre lui, Mallory enfouit sa tête contre son épaule, mais Carter sentit un changement dans son attitude. Avait-il dit une bêtise ? Dans le doute, il enchaîna en plaisantant :

— C'est la différence subtile entre l'avocat-conseil que tu es, et l'avocat pénaliste que je suis. Nous autres, as du barreau, sommes des rationalistes et nous trouvons toujours une explication à tout !

— Et tu penses que nous devrions rationaliser ce qui s'est passé entre nous cette nuit ?

Au ton de sa voix, Carter eut la certitude qu'il l'avait blessée d'une façon ou d'une autre. Décontenancé, il tenta la tendresse et piqueta de baisers la nuque blonde.

Comment lui expliquer qu'il la respectait trop pour se sentir digne d'elle ? Après tout, n'être qu'un simple jouet n'était pas tellement désagréable… Il chercha résolument sa bouche, et, tandis qu'elle répondait à son baiser, se demanda si le sexe était la seule façon de la conquérir…

En attendant, il n'avait qu'une envie : passer la journée au lit avec d'elle. Mais il devait s'en extirper pour se rendre à son troisième rendez-vous avec Maybelle.

Cette femme était curieuse, c'était le moins qu'on puisse en dire. Néanmoins, ce qu'elle lui avait expliqué la veille après à peine quelques minutes de conversation l'avait amené à réfléchir : plus personne, en dehors de lui-même, ne le considérait comme un sale gosse depuis longtemps. En fait, avait conclu Maybelle, ce n'était pas son image qu'il devait changer, mais plutôt son *attitude*…

Ce qui était, selon elle, nettement plus facile que ce que devait faire une autre de ses clientes : « Cette femme, avait-elle précisé, ne sait pas qu'elle est superbe et sexy en diable, et que n'importe quel type est prêt à lui sauter dessus. Vous, vous croyez que vous n'êtes pas intelligent ? Eh bien, cette cliente croit que l'intelligence est son seul atout, vous voyez ? »

Allons, il trouverait bien une excuse pour s'échapper avant 15 heures. Après une nouvelle dose de café et une nouvelle dose d'amour matinal.

Mallory avait rendez-vous avec Maybelle à 16 heures dans un salon de thé. Il lui fallait donc trouver une bonne raison pour se décoller du corps de Carter.

— J'ai rendez-vous chez le coiffeur, cet après-midi ! lui annonça-t-elle tandis qu'ils dégustaient un assortiment d'entrées dans la suite. Je serai sans doute absente deux heures. Et puis, je dois faire quelques courses…

Etait-ce le fruit de son imagination, ou Carter semblait-il réellement soulagé ? Elle ne pouvait guère lui en vouloir, elle-même se sentait épuisée !

— C'est une bonne idée, rétorqua Carter. Peut-être devrais-je en faire autant, et je n'ai plus de crème à raser. On se retrouvera après, d'accord ?

Bonne nouvelle ! Il ne s'était pas encore lassé d'elle !

— Eh bien, nous pourrions quitter l'hôtel à…

— Vers 14 h 30, ça m'arrangerait, la coupa-t-il. Comme ça je rentrerai à temps pour voir la fin du match de football.

144

— Moi, je partirai un peu plus tard. J'en profiterai pour ranger un peu mes affaires. Mais je pense être de retour à 17 h 30.

Mallory étudia le visage de Carter, qui semblait en faire autant de son côté, comme deux personnes qui s'observent lorsqu'elles ne se disent pas toute la vérité…

« Elle n'avait pas vraiment menti, d'ailleurs », songea-t-elle. Elle irait acheter quelques paires de collants chez Sacks puis se ferait couper les cheveux dans un de ces salons de coiffure sans rendez-vous qui florissaient partout à New York avant de retrouver Maybelle. Rendez-vous qu'elle avait omis de mentionner, voilà tout… Tandis que les projets de Carter, elle le pressentait, n'étaient pas aussi innocents…

Peut-être devait-il dire « adieu » à quelqu'un ?

Peut-être devait-il faire patienter quelqu'un jusqu'à ce qu'il soit lassé d'elle, sa collègue ?

Peut-être, après tout, devait-il vraiment se faire couper les cheveux et acheter de la crème à raser, bien que selon elle, sa coupe soit parfaite, et sa peau, merveilleusement douce ?

— Si vous voulez mon avis, exposa Maybelle à Carter un peu plus tard, vous êtes tombé amoureux d'une femme mais vous pensez que vous n'êtes pas assez bien pour elle. Je me trompe ?

— Je ne sais pas. « Tombé amoureux » me semble exagéré, mais cette fille m'obsède, c'est certain. Quant à dire que je ne suis pas assez bien pour elle, ce n'est pas tout à fait exact. Je pense être assez bien mais pas assez intelligent.

Carter sentait son cerveau travailler au ralenti : trop de plaisir, pas assez de sommeil… Et pas assez d'infos sur l'emploi du temps de Mallory cet après-midi. Bon sang ! Son histoire de coiffeur ne l'avait guère convaincu ! Se faire couper les cheveux ne prenait tout de même pas deux heures, si ?

D'accord, lui-même n'avait pas dit toute la vérité non plus, mais omettre son rendez-vous avec Maybelle était un mensonge parfaitement innocent...

— Eh bien, parlez-moi un peu de cette femme, comment vous l'avez rencontrée, tout ça. Peut-être que quelque chose provoquera un déclic dans mon esprit.

— Je la connais depuis longtemps ; nous étions en fac de droit ensemble ! commença Carter.

— Vous êtes avocats tous les deux ?

— Oui.

— En voilà une coïncidence ! remarqua Maybelle, plus pour elle-même que pour lui.

— Pas vraiment ! Il est fréquent que les gens se rencontrent en fac, justement. Nous avons beaucoup étudié ensemble, à l'époque.

— Etudié ? Rien de plus ?

— Eh bien, non...

— Vous ne la trouviez pas jolie ?

— Si, si, très jolie, même...

— Mais pas sexy, alors ?

— C'est-à-dire... En fait, son comportement faisait qu'elle n'était pas d'un abord facile, admit Carter.

— Qu'est-ce qui a changé, alors ?

— Elle a changé ! lâcha-t-il. Je veux dire... *quelque chose* en elle !

— C'est-à-dire ? insista Maybelle. Ses cheveux ? Ses vêtements ?

— Non, pas ses cheveux ! répondit vivement Carter. Il ne faudrait surtout pas qu'elle change ses cheveux, ils sont tellement...

Bon sang ! Voilà que la simple évocation des *cheveux* de Mallory l'excitait !

— Ses vêtements, alors ? s'entêta Maybelle.

146

— Elle a toujours été bien habillée. Mais, à vrai dire, ses tenues faisaient oublier qu'il y avait un corps dessous…

— Et plus maintenant ?

— Ma foi, depuis que j'ai abîmé son tailleur noir…, répliqua Carter.

— Que voulez-vous dire par « abîmer » ?

— Eh bien, j'ai lancé de la moutarde dessus. Et le lendemain, elle portait cette veste rouge…

Il s'interrompit car l'expression de Maybelle changea soudain imperceptiblement, mais Carter avait trop fréquenté les tribunaux pour que la moindre nuance sur un visage lui échappe. Il la regarda plus attentivement.

Elle se troubla et reposa sa tasse de café avec un peu trop de force sur la soucoupe.

« Décidément, songea Carter, elle était curieuse ! » Dire qu'il affrontait le moment le plus important de sa vie en mettant son destin entre les mains d'une femme, tout sauf saine d'esprit ! Belle preuve de son intelligence, n'est-ce pas ?

Si Mallory l'apprenait, il pouvait dire adieu à toute chance d'obtenir son respect !

11.

C'était la première fois que Maybelle arrivait en retard, constata Mallory en la regardant franchir en trombe le seuil du salon de thé. Ignorant l'employée du vestiaire, elle jeta sa cape multicolore sur une chaise, et poussa un grand soupir.

— Excusez-moi, mon chou, j'ai eu une journée atroce !

— J'en suis désolée pour vous ! Des problèmes personnels ou un de vos clients ?

A sa grande surprise, Maybelle pinça sévèrement les lèvres avant de répondre :

— Je ne dirai plus rien à propos de mes clients ! Dickie me reproche toujours de ne pas savoir tenir ma langue… Tout ça, c'est terminé ! Fini, les bavardages !

Elle fronça les sourcils en signe de détermination, puis son visage se teinta d'un réel désarroi.

— Je pense tout de même qu'il s'est passé quelque chose, pour que vous pensiez cela, dit doucement Mallory.

— Il ne s'est encore rien passé, répliqua Maybelle. Mais ça ne devrait pas tarder… Bon, allez, à vous, mon chou ! Vos plans ont marché, cette nuit ?

Mallory hocha la tête et se contenta de répondre :

— Nous avons bien avancé…

Elle n'avait pas l'habitude de raconter sa vie sexuelle à tout le monde, et n'en avait guère eu l'occasion, d'ailleurs !

148

— Bien, commenta Maybelle, la scrutant du regard. Et vous pensez que cela vient de vos nouvelles tenues ?

— Quoi d'autre, sinon ? demanda Mallory, perplexe.

— Peut-être de vous, tout simplement, en saisissant enfin l'occasion d'attraper l'homme dont vous avez toujours rêvé ?

Mallory respira profondément : Maybelle était bien trop proche de la vérité…

— Mais, pour y arriver, vous avez vraiment et totalement *dérapé*, non ? compléta celle-ci d'un air entendu.

— Vous avez lu le livre de ma mère…

— D'un bout à l'autre !

— Qu'en pensez-vous ?

Maybelle soupira avant de donner son avis.

— Vous aviez raison, mon chou ! Cette lecture nous a fait gagner un temps fou… Ecoutez, vos parents ont fait de vous une fille absolument adorable, mais je crois que vous avez tout mélangé dans vos priorités…

— Pas du tout, je ne mélange rien ! protesta Mallory, stupéfaite. Il faut commencer par avoir une vie ordonnée, c'est indispensable pour garder l'esprit clair et…

— … et le cœur bien fermé à clé jusqu'à ce que tout soit impeccable dans la maison, hein ? coupa vivement Maybelle avant de sortir de son sac le livre d'Ellen Trent et de le lancer bruyamment sur la table.

Dans l'élégant salon de thé, toutes les têtes se levèrent. Les ignorant, Maybelle poursuivit d'une voix forte :

— C'est un excellent livre, vraiment ! Mais ce genre de vie ne convient qu'à votre sainte mère, parole !

Pensive, Mallory leva la main pour attirer l'attention d'un taxi. Maybelle ne lui donnait jamais de conseils pratiques, mais la laissait toujours avec une petite phrase qu'elle ruminait ensuite. Aujourd'hui, c'était « Ce genre de vie ne convient qu'à votre sainte mère ! »

Ne venait-elle pas justement de le constater, ces derniers jours ? Le plus beau moment de sa vie n'avait-il pas été de se réveiller ce matin au milieu d'une chambre en désordre, mais dans les bras de Carter Compton ? Le meilleur homme qu'elle ait jamais connu n'était-il pas celui qui, en ce moment même, l'attendait avec ses affaires étalées partout dans la suite ? N'avait-elle pas renoncé à une large part d'elle-même pour atteindre cette étape de sa vie ? Elle n'avait pas tout simplement *dérapé*, elle était carrément partie en vrille, elle s'était totalement retournée, elle…

— Taxi ! cria-t-elle avec véhémence, et le véhicule, sommé de s'arrêter, pila net devant elle, malgré son signal « service terminé ».

En arrivant à l'hôtel, Mallory trouva Carter planté devant le poste de télévision, encourageant à haute voix son équipe favorite. Elle le trouva absolument irrésistible dans son jean noir et son pull à col roulé. Les vêtements moulaient son corps puissant, soulignant les muscles qui roulaient sous l'étoffe tandis qu'il accompagnait avec enthousiasme le jeu des sportifs. Eparpillés autour de lui, les coussins du sofa, une canette de soda, un paquet de pop-corn, la télécommande, ses chaussures, son écharpe, ses gants, son manteau…

— Salut ! s'exclama-t-il lorsqu'il remarqua enfin sa présence. On en est à un but partout. C'est une victoire morale, non ?

Dans la famille de Mallory, le football ne faisait pas partie du programme des réjouissances. Son père préférait les films de guerre. Sa mère n'aurait jamais accordé la moindre attention à une émission si elle n'était pas culturellement enrichissante, et donc digne d'y consacrer un peu de son temps de femme efficace. Quant à Malcom, s'il jouait au football de temps à autre, c'était sur son ordinateur.

Elle s'approcha, prête à distraire Carter de son match ou à apprendre les règles du football, peu importe. Son regard tomba sur le petit sapin, croulant sous une guirlande de petites lampes désuètes et charmantes. Son cœur s'emplit alors d'une nouvelle émotion, plus intense que jamais.

Abandonnant son sac par terre, elle se glissa près de Carter et se mit en boule sur les coussins, regrettant de ne pas savoir ronronner : il sentait la crème à raser et avait fait couper ses cheveux.

Elle était amoureuse.

Ils fêtèrent la victoire morale de l'équipe de Chicago avec une bouteille de champagne. Puis ils firent passionnément l'amour sur le sofa, Mallory chevauchant Carter avec une fièvre dans laquelle se mêlaient désir, amour et une incontrôlable envie de le garder près d'elle à jamais.

Puis ils barbotèrent tous les deux dans la baignoire pleine de bulles. De la baignoire, ils passèrent inévitablement au lit. Puis ils grignotèrent un repas servi par le room-service en regardant le feuilleton favori de Carter. Il demanda soudain :

— Au fait, que voulais-tu me dire ?

— Quand ça ?

— Hier soir, lorsque tu as fait irruption dans ma chambre. Tu parlais d'une idée géniale pour notre affaire « Petit pois »…

Mallory se sentit rougir. En fait, il s'agissait d'une idée ahurissante, basée sur de la psychologie à trois francs six sous, simple prétexte pour aborder Carter dans sa tenue rose pivoine. Mais elle ne pouvait tout de même pas lui avouer une chose pareille ! Après un moment d'hésitation, elle se lança :

— Je me suis dit que tout le monde, dans cette affaire, souhaite ardemment quelque chose. Kevin Knightson, par exemple, veut faire carrière dans le show-business. Rosalind McGregor veut que sa fille devienne mannequin…

— Elle ferait mieux de la préparer à de bonnes études ! grogna Carter.

— Je suis d'accord avec toi. Mais elle ne désire pas ce que nous souhaiterions. Je veux dire, ce que *je* souhaiterais ou ce que *tu* souhaiterais…, corrigea-t-elle, un peu gênée.

— Jusqu'ici, je te suis.

Soulagée qu'il n'ait pas décelé un quelconque sentiment de possessivité dans ses paroles maladroites, Mallory poursuivit :

— Au départ, les plaignants semblaient satisfaits que Sensuous leur propose de remettre à neuf leur salle de bains et leur apparence. C'est Phoebe qui les a convaincus qu'ils désiraient plus.

— De l'argent ?

— Exactement ! Mais tout le monde veut de l'argent, non ? Moi, je suggère de découvrir ce qu'ils souhaitent encore plus fort que de l'argent.

— Hmm…, marmonna Carter.

— Je suis sûre, insista Mallory, qu'il y a quelque chose que tu veux encore plus que de l'argent, pas vrai ?

« Oui ! Je veux résoudre le dossier "Petit pois" et t'entendre me dire que je suis un avocat brillant. Et que tu adorerais ajouter un avocat brillant à ta vie, voire un ou deux enfants brillants. »

Carter tressaillit, alarmé par ses trop sérieuses pensées.

— Ce n'est pas une mauvaise idée, poursuivait Mallory. Mais je ne vois pas du tout comment la mettre en pratique. On ne peut pas décrocher un rôle à Broadway pour Kevin ! Pour ma part, je ne connais aucun producteur, aucun metteur en scène ! Et toi ?

Carter sourit en la voyant bâiller. Elle tombait de sommeil !

— Nous allons procéder étape par étape, dit-il. D'abord, il faut découvrir ce que chacun de nos plaignants désire.

— Mais comment ?

— En leur posant la question, tout simplement !

— Bonne idée !

Mallory ferma les yeux, puis murmura :

— Notre sapin a besoin d'autres décorations.

— On en achètera demain.

— C'est à mon tour. Toi, tu as acheté la guirlande.

— Tu crois qu'on pourra la passer en note de frais ?

— Non !

— J'étais sûr que tu répondrais ça, dit Carter.

— Tu aurais répondu la même chose.

Elle avait raison. Jamais il n'avait triché sur une note de frais. Mais, bon sang, comment le savait-elle ? !

Le lundi matin, Mallory proposa d'appeler Bill Decker avant de quitter l'hôtel. Une demi-heure plus tard, elle reposait le téléphone, un peu déçue.

— Il n'avait pas l'air très enthousiaste, commenta-t-elle.

— Il n'a pas ton imagination, voilà tout ! Je rajoute quand même la question à mon interrogatoire : « Que souhaitez-vous vraiment à l'issue du procès ? » On verra bien ce que cela donne.

Impossible d'expliquer à Mallory que Bill Decker avait sa propre idée sur la façon dont l'affaire « Petit pois » pouvait être résolue : à savoir que Carter réponde à l'une des invitations à peine voilées de Phoebe de dîner chez elle.

D'ailleurs, l'avocate de la partie adverse intensifia sa chasse tout au long de cette deuxième semaine d'interrogatoires. Dès que Mallory sortait se repoudrer le nez, Phoebe revenait à la charge.

— Ce n'est pas parce que nous sommes adversaires dans ce dossier que nous ne pouvons pas être amis ! concluait-elle invariablement.

Carter se défilait en plaidant une surcharge de travail, des rendez-vous urgents, une fatigue... Ce dernier argument était justifié, car il ne vivait que pour les nuits au cours desquelles Mallory et lui abandonnaient leurs apparences bienséantes pour se jeter fébrilement dans le feu de leur passion amoureuse.

Le vendredi soir, au terme d'une nouvelle série de témoignages, Mallory sortit de sa mallette une copie de la retranscription par la greffière et suggéra qu'ils commencent à l'étudier pour y découvrir les vœux de chaque plaignant.

154

Carter avait une autre théorie sur la manière de passer la soirée, et lui en fit part en toute franchise.

— Bon, on peut travailler au lit, si tu veux…, dit-elle en battant des cils.

— Parfait !

Après s'être brossé les dents et rasé de frais, il la rejoignit dans sa chambre, où elle avait préparé le matériel nécessaire à leur tâche. Elle était déjà installée dans le lit, un bonnet de Père Noël sur la tête. Et rien d'autre, il en était certain malgré les couvertures qu'elle avait relevées sous son menton.

— Ho-ho-ho ! chantonna-t-il en se glissant près d'elle.

— J'ai pensé que cela nous mettrait dans l'ambiance…, expliqua Mallory en lui posant un bonnet identique sur la tête. J'appelle cela le projet « Tout-ce-que-je-veux-pour-Noël ».

— Je me sens totalement idiot comme ça !

— Et tu en as l'air ! Mais quelques-uns d'entre nous sommes bien placés pour savoir que c'est faux ! dit-elle en plongeant d'un air entendu son regard dans le sien.

Elle enchaîna avec un grand sourire :

— Tu conduis ces interrogatoires de façon magistrale ! Toujours courtois et agréable, mais sans jamais céder un pouce de terrain. Tu as toujours la bonne question sur les lèvres. Quel talent ! Je suis vraiment épatée !

Ces paroles sonnèrent à l'oreille de Carter comme le plus joli cantique de Noël… Voilà ce qu'il avait tant souhaité entendre ! Il lui restait à convaincre Bill Decker du bien-fondé de sa démarche, mais en fait, seule l'opinion de Mallory lui importait réellement. Le cœur débordant de bonheur, il se pencha par-dessus la montagne de dossiers et l'embrassa avec passion.

— Une bonne chose de faite ! dit-il lorsqu'il fut enfin capable de relâcher son étreinte. Bien, maintenant, je suis prêt pour mon loisir favori, travailler le vendredi soir. Redresse-moi ce bonnet, tu es trop sexy quand il penche comme ça !

— Oui, mon chéri ! répliqua-t-elle en enfilant le bonnet jusqu'aux oreilles.

Carter fondit de tendresse au son rauque de sa voix.

Mais elle se mit immédiatement au travail. Méthodiquement, ils relurent toute la retranscription des entretiens, surlignant les réponses qui pourraient indiquer les souhaits les plus chers de chaque témoin. Au fur et à mesure, Mallory entrait leur nom dans son ordinateur, le numéro de la page sur laquelle apparaissait la réponse ainsi qu'un bref résumé de celle-ci.

— Tu crois que cela vaut la peine de faire tout ça ? se lamenta-t-il.

Mallory hocha la tête et Carter comprit, en surlignant de plus belle, qu'il était capable de toutes les concessions pour la rendre heureuse.

Carter mourait d'envie de passer aux phases 2, 3, 4 et même 5 de la soirée, mais Mallory se montra inflexible, et ils poursuivirent leur travail.

— Carter, dit-elle finalement. L'envie du monde du spectacle ressort nettement, tu ne trouves pas ?

— En tout cas, ces gens cherchent à se faire remarquer, c'est sûr, en voulant se teindre les cheveux en rouge carotte !

— Je crois qu'on va devoir trouver une idée pour accompagner notre négociation, une proposition qui satisfasse leurs envies personnelles de show-business…

— On y réfléchira demain, non ? suggéra Carter en rassemblant vivement les dossiers éparpillés.

Horrifiée, elle le retint de la main, mais il lui attrapa le poignet et embrassa le creux de sa paume. Puis il entoura son index de ses lèvres et fit rouler sa langue autour.

— Allons nous coucher ! protesta-t-elle d'une voix ensommeillée.

— D'accord, mais pas pour dormir…

Carter pointa le doigt vers ses genoux.

— Voulez-vous, s'il vous plaît, nous débarrasser de cet ordinateur ?

— Voulez-vous, s'il vous plaît, vous débarrasser de ce bonnet ? répliqua Mallory.

— Mais avec plaisir !

Il l'arracha, le jeta par terre et lui demanda :

— Tu tiens une liste de courses, je suppose ?

— Bien entendu ! répondit-elle en pliant soigneusement son bonnet avant de le poser sur la table de chevet.

— Ajoutes-y une boîte de préservatifs. Une grande boîte.

12.

Le mardi soir, Carter entra d'un pas résolu dans le bureau de Maybelle, et la surprit en train de consulter la brochure d'une école.

— Ah, vous voilà ! le salua-t-elle, cachant vivement le document dans un tiroir.

Carter s'assit et lui raconta l'idée de Mallory concernant les désirs réels des plaignants, et son projet de tenter de les satisfaire pour obtenir une négociation.

— Cette femme me paraît rudement brillante, non ? commenta Maybelle.

Carter lut sur son visage la même expression étrange que lors de leur précédent entretien, mais cette fois encore, fut incapable de l'analyser.

— Elle l'est, confirma-t-il. Et je crois bien qu'elle commence à penser la même chose de moi…

Il baissa humblement la tête, mais Maybelle insista d'un ton soudain joyeux pour qu'il lui rapporte ce qu'elle avait dit.

Carter lui répéta mot pour mot le compliment que lui avait fait Mallory sur sa façon de mener les interrogatoires.

— Génial ! s'écria Maybelle. C'est justement ce que vous vouliez, non ? Vous avez réussi ! Bravo !

Et elle ajouta, affichant un net soulagement :

— Vous n'avez plus besoin de moi, je crois !

— Eh bien, si, en fait…, rétorqua-t-il.

En voyant Maybelle pâlir, il fronça les sourcils. Ses tourments l'ennuyaient-ils à ce point ?

— Mon patron me pose encore un problème, expliqua-t-il néanmoins. Il m'a plus ou moins conseillé de draguer l'avocat de la partie adverse pour résoudre cette affaire à l'amiable.

— Homme ou femme, l'adversaire ?

— Femme.

— C'est déjà ça ! Et vous en avez envie ?

— Certainement pas ! affirma Carter avec véhémence, la foudroyant du regard. Demander de coucher avec la partie adverse est immoral et contraire à la déontologie.

— Et improbable, ajouta Maybelle. Parce que vous êtes dingue de cette autre femme.

— On dirait qu'elle vous intéresse plus que moi, marmonna Carter en croisant les bras sur sa poitrine.

— Qui donc ?

— La femme pour laquelle j'ai des… sentiments. Dire que j'en suis dingue est exagéré. Dites-moi, il me semble que vous essayez d'aller au plus court pour m'aider, non ?

Maybelle croisa à son tour les bras.

— Au contraire ! répondit-elle fermement. C'est que votre problème est facile à résoudre ! Ouvrez donc les yeux et la bouche aussi. Rentrez donc réfléchir un peu à tout ça !

Carter s'en alla avec le sentiment que cette séance n'avait guère été enrichissante. Peut-être que Maybelle ferait bien de retourner à l'école, après tout…

Le lendemain soir, dans la salle de réunion vide du cabinet Angell, il lisait la note que lui avait laissée Mallory : « Je vais m'acheter une valise. Je serai à l'hôtel un peu après 20 heures. »

Bon sang ! Il n'arrivait pas à croire que Mallory fasse l'amour avec lui en manifestant autant de plaisir, et qu'elle voie quelqu'un d'autre par ailleurs ! Pourtant, il en avait la preuve sous ses yeux. Pour la seconde fois en moins d'une semaine, elle était allée quelque part sans lui ! Il aurait été ravi de l'aider à choisir une valise, mais elle ne lui avait pas demandé de l'accompagner. Hélas ! C'était l'évidence même : puisqu'une part de la vie de Mallory lui était fermée, cette part était réservée à *quelqu'un* d'autre. La pratique du droit vous enseignait au moins à raisonner avec logique…

Se mordant furieusement les lèvres, Carter tripotait son stylo et s'abîmait dans de sombres réflexions lorsqu'un léger bruit l'alerta. Il se retourna et découvrit que Phoebe était entrée dans la pièce.

Elle avait ôté sa veste et portait un T-shirt trop étroit pour contenir ses seins, et trop court pour cacher son nombril. Balançant ses hanches tout juste couvertes par une jupe ultracourte, elle s'avança vers lui, le regard lourd de provocation et un sourire sensuel sur les lèvres.

— Tiens ! Phoebe…, lança-t-il, sur ses gardes.

Il avait adopté le ton chaleureux dont il usait lorsqu'il voulait faire comprendre à certaines femmes qu'elles ne l'intéressaient pas.

— J'allais justement partir, poursuivit-il en se dirigeant vers la porte. A demain !

Mais Phoebe lui barra la route.

— Restez, Carter ! souffla-t-elle d'un voix si douce qu'il eut de la peine à croire que ce soit la sienne. J'ai dans mon bureau une bouteille de vin absolument sublime. Venez en boire un verre avec moi…

« De toute façon, se dit Carter, il devrait un jour ou l'autre affronter le problème, non ? Alors pourquoi pas maintenant, alors qu'il était un peu en colère contre Mallory ? »

160

— Bonne idée, merci ! répondit-il. Je vous suis.

En attendant l'équipe de ménage, tout le cabinet était brillamment éclairé, hormis le bureau de Phoebe, plongé dans une pénombre suggestive.

« Fais gaffe, mon vieux, gaffe… »

Silencieusement, Phoebe entreprit de déboucher la bouteille, le regardant entre chaque tour de tire-bouchon comme un serpent guette une souris. Non pas qu'elle ressemblât à un serpent, ni lui à une souris. Mais Carter savait qu'elle avait l'intention de le croquer tout cru…

Il tenta de lancer la conversation sur la météo.

— Mmm, répondit Phoebe.

Puis sur les prochaines élections dans le Middle East.

— Mmm, répondit Phoebe.

Enfin sur les restrictions budgétaires de l'Etat de Californie.

Cette fois, Phoebe ne se donna même pas la peine de répondre « Mmm ». Elle versa le vin dans les verres, lui apporta le sien et s'assit sur l'accoudoir du fauteuil dans lequel il s'était installé, posant son bras autour du dossier. Carter se leva et s'éloigna de quelques pas. Phoebe le suivit et le coinça contre la fenêtre.

« Vingt-quatre étages à sauter, songea Carter, ça vous abîme un gars… »

Mais il n'en ouvrit pas moins courageusement les rideaux, prêt à toute éventualité. Le bureau donnait sur le splendide arbre de Noël du Rockefeller Center. Il vit là une porte de sortie au saut dans le vide. Se retournant vers elle, il lui demanda avec un large sourire :

— C'est bientôt Noël ! Qu'est-ce que vous voulez pour Noël, Phoebe ?

Elle lui lança un regard plein de désir.

— Vous ! chuchota-t-elle.

— Ah ! Et sinon, quoi d'autre ?

Bien qu'il ait parlé le plus gentiment possible, Carter constata, atterré, que les yeux de Phoebe s'emplissaient de larmes.

— Vous voulez dire, ce que je veux vraiment dans la vie ?

Il hocha la tête, craignant le pire. Elle éclata en sanglots.

— Je veux que mon père, pour une fois, une seule fois, me dise que j'ai bien traité une affaire ! Tout ça, hoqueta-t-elle en désignant le vin et son T-shirt moulant, tout ça, c'est son idée ! Moi, je ne voulais pas… Ce n'est pas correct, et en plus, de toute façon, vous êtes amoureux de Mallory, ça crève les yeux !

Carter lui tendit son mouchoir et la carte de Maybelle, puis attendit qu'elle se calme. Tout en lui tapotant l'épaule en silence, il s'interrogea : était-il vraiment amoureux de Mallory ?

Chaque matin en se réveillant auprès de Carter, Mallory se demandait comment sa vie pourrait être encore plus parfaite… Mais ce jeudi de leur troisième semaine à New York, elle songea qu'il restait une ombre à son bonheur : sous un prétexte quelconque, Carter s'échappait deux fois par semaine. D'accord, il ne partait pas longtemps, ne rentrait pas les vêtements en bataille, ne se précipitait pas sous la douche dès son arrivée… simplement, il disparaissait.

« Bien sûr, elle aussi s'échappait », admit-elle. Lundi soir et la veille, par exemple. Mais pour aller à ses rendez-vous avec Maybelle, ce qui ne nuisait aucunement à sa relation avec Carter… Et elle l'avait prévenue suffisamment à l'avance. Alors que lui avait brutalement annoncé mardi soir :

— J'ai une course à faire. Je serai de retour à 20 heures.

Il avait dit cela comme s'il ne lui devait aucune explication ! D'ailleurs, il ne lui en devait pas. Mais cette réputation d'homme à femmes la perturbait. En fait, pour autant qu'elle sache, il la considérait comme une simple conquête de plus ! Tandis qu'elle…

Mallory étudia le visage de Carter encore endormi, les paupières closes sous l'épaisse frange de ses cils, les boucles sombres de sa tignasse ébouriffée se détachant sur l'oreiller.

« Jamais, songea-t-elle, elle n'aurait pu faire preuve d'une telle détermination à lui donner son corps, si elle ne lui avait pas déjà abandonné son cœur... » Ses sentiments, enfouis depuis de longues années, surgissaient-ils aujourd'hui parce qu'elle se sentait plus confiante ? Peut-être...

Mais Carter n'avait jamais dit qu'il l'aimait. Ni même montré d'une façon ou d'une autre quelle importance il accordait à leur relation. Elle devait donc envisager la possibilité qu'il ne tienne pas à elle !

Et pourtant, tout était parfait entre eux...

— Bonjour ! murmura Carter d'une voix enrouée.

Son sourire était si doux, si chaud, tellement irrésistible ! Mallory frémit sous les doigts qui exploraient déjà sa peau nue. Peut-être que se sentir importante à ses yeux pendant la prochaine demi-heure suffirait à son bonheur, après tout.

Mais ces délices matinaux furent réduits à néant lorsque Carter annonça le soir même qu'il sortait prendre un verre avec un ami.

Bouleversée, Mallory ne savait plus quoi penser de son attitude. Tandis qu'elle déplaçait nerveusement les objets sur son bureau, s'efforçant de s'occuper pendant son absence, le téléphone sonna. C'était Bill Decker, qui, après avoir échangé quelques plaisanteries, demanda à parler à Carter.

Qu'avait-il donc à lui dire qu'il ne puisse lui dire à elle ? Ne voulant pas paraître jalouse, Mallory répondit :

— Il n'est pas là pour le moment, Bill ! Franchement, je n'ai aucune idée de l'endroit où il se trouve...

Le petit rire de Bill l'interrompit.

— Moi, j'ai ma petite idée, gloussa-t-il.

— Ah, oui ? lâcha-t-elle vivement. Où donc ?

— Allez, je vais être franc avec vous ! Je n'en avais pas l'intention, hein, ça pourrait embarrasser Carter, mais bon… En fait, je lui ai mis Phoebe Angell dans la tête.

— Ah oui ? dit-elle, glacée. Et qu'en pense Phoebe ?

De nouveaux gloussements lui répondirent. Mallory souhaita que Bill fasse un arrêt cardiaque et que personne autour de lui ne soit en mesure de lui porter secours.

— Lors d'une conversation, reprit-il enfin, elle m'a clairement fait comprendre qu'elle le trouvait à son goût. Alors j'ai suggéré à Carter de s'en occuper un peu…

— Dès qu'il en aura terminé avec elle, je lui demande de vous rappeler, promit-elle, les dents serrées.

Après avoir raccroché, elle demeura immobile pendant ce qui lui parut une éternité. Puis elle sut quoi faire : aller voir Maybelle. Elle comprendrait que c'était urgent et trouverait bien un moment dans son emploi du temps.

Mallory enfila son manteau et se précipita dans la nuit froide.

— Bravo ! Vous avez bien fait ! affirma Maybelle quand Carter lui eut raconté la scène avec Phoebe. Vous êtes un type droit, mon vieux, et vraiment sympa. Vous avez agi selon votre conscience mais sans blesser cette fille. De plus, vous avez découvert ce qu'elle souhaitait réellement !

A son étonnement, Carter se sentit extrêmement touché par le compliment de Maybelle.

Le reste de la séance lui parut moins productif : Maybelle s'entêta à lui faire admettre qu'il était amoureux de Mallory, et à le pousser à l'avouer à Mallory pour voir comment elle réagirait. Pour sa part, il estimait que s'il était amoureux de Mallory, il était hors de question de lui avouer une chose pareille avant d'être absolument certain qu'elle l'aimait aussi.

Tandis qu'ils discutaient, Carter comprit soudain combien il craignait de souffrir s'il découvrait que Mallory ne l'aimait pas en retour. La pensée que cela puisse être le cas le rendait totalement malheureux… Voilà pourquoi il refusait d'admettre ses sentiments pour elle !

Mallory courut d'une traite jusqu'à la porte de Maybelle. Lorsque Richard lui ouvrit, elle se précipita dans le hall.

— Il faut que je voie Maybelle, juste une minute !

— Mais elle est en rendez-vous ! chuchota-t-il, visiblement interloqué, en posant un doigt sur ses lèvres.

— J'attendrai !

— Mais elle ne veut absolument pas que ses clients se croisent ! objecta Richard, tentant de la repousser dehors. Elle tient à respecter leur vie privée, vous savez…

— Mais je ne risque pas de connaître cette personne !

— Je n'en suis pas si sûr ! Il vaut mieux que vous rentriez chez vous, et que Maybelle vous appelle dès qu'elle aura fini.

— Je ne peux pas rentrer, je suis trop bouleversée !

Des voix leur parvinrent depuis le bureau fermé. Puis la porte du bureau s'ouvrit sur Carter qui blêmit, les yeux exorbités de surprise. Mallory sentit son sang la quitter.

— Que fais-tu ici ? murmura-t-elle.

— Et toi ? demanda Carter.

Un silence de plomb tomba sur le hall, bientôt rompu par la voix de Maybelle.

— Mon Dieu ! s'écria-t-elle. Je savais que ça allait arriver ! J'en étais sûre !

— J'ai essayé de la renvoyer, Maybelle, je le jure ! gémit Richard, effondré. Mais c'est une femme très résolue !

165

— Tu consultes Maybelle ? Mais pourquoi ? Et d'abord, comment l'as-tu trouvée ? s'enquit Mallory.

— C'est toi qui as laissé tomber cette carte de visite à l'hôtel, n'est-ce pas ? dit-il d'une voix affreusement calme et sans l'ombre d'un sourire.

— Oh ! Quel soulagement ! s'exclama Maybelle. Maintenant, chacun de vous sait où allait l'autre quand il s'absentait. Chez moi et nulle part ailleurs, d'accord ? Bon, si on s'asseyait et qu'on prenait un petit…

— Je ne veux pas m'asseoir, déclara Carter sans quitter Mallory des yeux. Je veux juste savoir pourquoi tu viens ici ?

— Pour des raisons personnelles, répliqua-t-elle. Et toi ?

— Pour des raisons personnelles également, rétorqua-t-il froidement.

Sans doute était-il aussi surpris qu'elle, mais pourquoi cela le mettait-il dans un tel état ?

— D'accord, céda-t-elle, je vais t'expliquer. Certaines choses en moi me paraissaient devoir être… modifiées.

Aurait-elle un jour le courage de lui avouer qu'elle l'aimait depuis la fac de droit, et qu'elle désirait ardemment qu'il la considère comme une femme et pas simplement comme une collègue avocate ?

— Ouais, grommela Carter, je crois que je devine. Voilà pourquoi tu as acheté tous ces trucs, les vêtements sexy, les chaussures, le maquillage, la boule de gui, tout ça ! Tu voulais que Maybelle te transforme en séductrice, n'est-ce pas ? Je croyais que tu étais différente, mais finalement, tu es comme toutes les autres !

Il hocha tristement la tête puis se détourna, prêt à quitter les lieux.

— Comment ça, « comme toutes les autres » ? s'écria Mallory.

166

Elle ne comprenait pas pourquoi il semblait aussi bouleversé, au lieu de rire avec elle de ce qui n'était, après tout, qu'une simple coïncidence !

Carter se retourna vers elle.

— Je pensais que tu commençais à me respecter, parce que tu trouvais que je menais bien les entretiens avec les plaignants du dossier. Mais en fait, tu n'étais pas vraiment épatée par mes talents de juriste. Ce que tu voulais, c'était me mettre dans ton lit, voilà tout !

Puis Carter s'adressa à Maybelle :

— Vous avez dû lui conseiller de me flatter, hein ? Lui expliquer que les hommes sont tellement narcissiques qu'on peut leur faire croire n'importe quoi, c'est ça ?

— Non, Carter, elle n'a jamais dit une chose pareille ! protesta Mallory, désespérée. Tu t'es merveilleusement débrouillé avec les témoins, je le pense sincèrement. Je ne comprends vraiment pas ce qui te met dans un tel état !

— Ce qui me met dans un tel état, riposta-t-il avec un sourire sans joie, c'est que l'on me considère que comme un vulgaire tombeur abruti. Mais je ne suis pas qu'un vulgaire tombeur abruti, et je voulais tellement que toi, Mallory, plus que tout le reste du monde, le sache !

— Un tombeur abruti ? bredouilla-t-elle, perdue devant ce raisonnement.

— En fait, ton comportement était délibéré, issu de ton brillant petit cerveau ! Alors que j'espérais qu'il venait de ton cœur.

Hochant de nouveau la tête, il conclut d'une voix glacée :

— Mais c'est terminé ! Dorénavant, nous serons collègues de travail, rien de plus !

Et avant que Mallory puisse rassembler ses esprits, il avait tourné les talons et s'était rué dehors. Elle courut à la porte.

— Attends, lui cria-t-elle. Tu ne m'as pas répondu ! Pourquoi venais-tu consulter Maybelle, toi ?

Trop tard, il était parti…

Mallory s'effondra en larmes. Maybelle la releva d'une poigne étonnamment solide et la poussa vers son bureau.

— Pleurez pas, mon chou ! dit-elle d'un ton découragé, inhabituel de sa part. Je vais devoir chercher une nouvelle activité ! Celle-ci ne m'apporte plus rien ni personnellement ni financièrement… Mais en attendant, on va prendre une tasse de vrai café bien fort pour se calmer.

13.

Le samedi matin, Carter étudiait le plafond depuis son lit. La veille, il avait fait de son mieux pour terminer les entretiens avec les témoins, luttant toute la journée contre la douleur qui ravageait sa poitrine. Mais maintenant, il baissait les bras devant ce qu'il lui fallait considérer comme un réel chagrin d'amour.

Tendant le bras vers la table de chevet, il attrapa son stylo et se mit à le tripoter, ce qui lui procura un léger soulagement. Pour des raisons qui lui échappaient, Mallory, une fille sérieuse, digne de confiance, l'être humain le plus honnête du monde à ses yeux, s'était métamorphosée en femme manipulatrice. Jamais il n'aurait pensé cela de sa part !

Pourquoi avait-elle agi ainsi ? Parce qu'elle était furieuse qu'il ne lui ait pas obtenu une chambre séparée, et avait voulu lui montrer qu'elle savait ce qu'il avait réellement en tête ? A moins qu'elle n'ait été vexée qu'il trouve naturel de partager la même suite, et qu'elle ait décidé de lui prouver qu'il s'était trompé à son sujet, qu'elle n'était plus cette « vieille Mallory », mais un joli petit lot sexy…

N'empêche ! Il ne l'aurait pas cru capable de coucher avec un homme qu'elle ne respectait pas… C'était précisément une des qualités qu'il aimait en elle ! « Une parmi tant d'autres », soupira-t-il.

Mais il s'était trompé sur son sens moral. Car, de toute évidence, elle ne le respectait pas !

Il fallait qu'il déménage, qu'il quitte le Saint-Regis. New York regorgeait d'hôtels, ce serait bien le diable s'il ne restait pas quelque part une chambre libre !

A moins que la tempête de neige qui avait fait rage durant la nuit, bloquant les trois aéroports de la ville, n'ait également bloqué tous les touristes dans leurs hôtels ? Qu'importe ! Il dormirait sur un banc, dans le métro, s'il le fallait, mais pas ici, si près d'elle...

Il allait devoir faire ses valises, donc rassembler et plier soigneusement tout ce qui traînait autour de lui, au milieu des dossiers éparpillés...

Il rembourserait les décorations que Mallory avait tenu à acheter, et emporterait le petit sapin. Il y tenait absolument. Et il lui laisserait la boule de gui, pour qu'elle se souvienne comment elle l'avait embobiné pour l'embrasser !

A cause de l'arbre, il lui faudrait prendre un taxi. Et, bien entendu, les taxis ne rouleraient pas aujourd'hui, les rues ne seraient pas dégagées avant le lendemain... Que d'efforts à fournir pour les trois malheureux petits jours à venir !

Lorsque Mallory et lui se parlaient encore, ils avaient décidé de suspendre les témoignages pour pouvoir rentrer à Chicago la veille de Noël et reprendre les entretiens le premier lundi de janvier...

Seigneur ! Et s'il restait là, couché, sans bouger ? Ce serait beaucoup plus simple, non ? Peut-être que Mallory se déciderait à déménager, elle.

Revêtue de son vieux tailleur-pantalon noir, Mallory triait ses affaires de toilette et de maquillage. Carter se moquerait certainement d'elle s'il la voyait, l'accusant de faire de la « microorganisation » maniaque, mais elle n'en avait cure. Ranger ses rouges à lèvres en fonction de l'intensité de leur couleur était de l'organisation tout court.

De toute façon, c'était à lui de déménager ! Tout ceci était sa faute, après tout ! Mais dans la mesure où il n'en manifestait pas la moindre intention, c'était à elle qu'il incombait d'empaqueter tous ses vêtements, anciens et nouveaux, puis de traîner ses valises sur les trottoirs enneigés vers sa nouvelle chambre d'hôtel ! Si tant est qu'elle en trouve une, d'ailleurs !

« Elle risquait fort de finir à la rue, dormant sous un porche ! » songea-t-elle, les yeux pleins de larmes.

Allons, elle devait se ressaisir. Puisque c'était comme ça, elle emporterait le sapin de Noël. Elle avait même imaginé *deux* façons de le transporter ! Soit acheter une boîte et du papier d'emballage, puis mettre toutes les décorations soigneusement emballées dans la boîte et le sapin dans le plus grand sac Bergdorf's — relique de sa frénésie d'achats — qu'elle avait, bien entendu, conservé pour le réutiliser. Soit envelopper l'ensemble, sapin et décorations, dans un film plastique, un peu comme les valises dans les aéroports. Sauf qu'elle ne savait pas où trouver une machine à plastifier.

Mais ensuite, comment transporter tout cela ? A pied ? Que de travail pour échapper à trois jours de présence de Carter et de son silence lourd de reproches !

Elle se sentirait certainement plus forte après avoir terminé d'organiser ses affaires… Mais pourquoi faisait-elle cela, en fait ? Son regard tomba sur le livre de sa mère et les paroles de Maybelle lui revinrent soudain à l'esprit : fermer son cœur jusqu'à ce que la maison soit bien rangée. Peut-être était-il temps d'arrêter la méthode Ellen Trent pour laisser place à la vie ? Mallory prit le livre et alla avec détermination le jeter dans la corbeille.

Ensuite, elle se sentit nettement mieux, à défaut de se sentir bien ! Mais quel intérêt de laisser place à la vie, si cette vie se passait sans Carter ?

Autre question non moins cruciale : que faire de la chemise à rayures bleu marine, taille XL, qu'elle avait achetée pour l'offrir à Carter à Noël en cas de succès dans son projet de séduction ? Mais elle avait clairement échoué, n'est-ce pas ? A moins que son frère Malcom puisse la porter ? Elle posa en soupirant la chemise dans sa valise grande ouverte. Une larme s'écrasa sur le paquet cadeau.

En fait, Carter avait raison : son but avait bien été de le séduire ! Mais il ne savait pas que c'est son amour pour lui qui l'y avait incitée…

La femme de ménage vint demander si elle pouvait commencer par nettoyer sa chambre. Le cœur lourd, Mallory descendit prendre le petit déjeuner. Posant un regard vide par la fenêtre, elle constata que la tempête s'était calmée, laissant place à une neige persistante qui recouvrait les trottoirs. L'esprit envahi de pensées confuses, elle dérogea à l'une de ses règles cardinales — ne jamais téléphoner en public — et composa le numéro de Maybelle.

— Je voudrais juste passer pour régler la question financière, dit-elle à Richard. A 16 heures, mon heure habituelle, c'est possible ?

— Oh ! Je suis vraiment désolé ! Maybelle pensait que vous ne voudriez pas revenir, alors elle a accordé le rendez-vous à quelqu'un d'autre. Est-ce que 18 heures vous conviendrait ?

« Pourquoi pas ? Elle ferait ses courses auparavant, voilà tout ! »

Mallory ouvrit son Palm Pilot à la rubrique « courses à faire » pour y inscrire « boîte pour décorations » et « papier d'emballage ». Parcourant ensuite le reste de la liste, elle tomba sur le mot « préservatifs ».

Elle effaça le mot si rageusement que la pointe du stylet se brisa.

En entendant le son de l'aspirateur, Carter termina rapidement de s'habiller. Puis il passa prudemment la tête par la porte et inspecta le salon avec méfiance. Pas de Mallory en vue ! Rassuré, il sortit de sa chambre et quitta la suite. La femme de chambre avait déposé un sac poubelle dans le couloir. Il se pencha malgré lui pour déchiffrer le titre du livre qui dépassait. « Réussir ses voyages de A à Z » par Ellen Trent. Trent ? Une parente de Mallory, sans doute.

Il prit le livre. Voilà qu'il piquait dans les poubelles, maintenant… Il était tombé bien bas ! A l'intérieur se trouvait une lettre commençant par : « Ma chère fille». Ellen Trent serait donc la mère de Mallory ?

Carter fourra le livre dans sa poche et sortit sous la neige, à la recherche d'un endroit confortable où il puisse s'installer avec un grand pot de café et une pile de gâteaux à la cannelle. Il avait de la lecture.

— Allô ? Richard ?

— Monsieur Wright ! A moins que je puisse vous appeler monsieur Compton, maintenant ?

— Appelez-moi comme ça vous chante, grommela Carter dans son téléphone portable. Je voulais juste confirmer mon rendez-vous de 15 heures.

— Mon Dieu ! Maybelle pensait que vous seriez tellement furieux que vous ne viendriez pas, alors elle a donné le rendez-vous à une autre personne, vous comprenez ? Mais elle peut vous recevoir à 18 heures, si vous voulez.

— Parfait. Préparez ma facture, d'accord ?

Carter n'avait guère quitté le siège qu'il occupait dans ce salon de thé depuis tôt le matin, hormis pour se réapprovisionner en boisson et nourriture. Il se leva enfin, pris de vertiges et les yeux brûlants d'avoir trop lu. Mais l'esprit totalement clairvoyant : il savait maintenant ce qui clochait chez Mallory. Sa mère était folle, voilà l'explication ! Vérifier les dates d'expiration de tout ce qui traînait dans la maison avant de partir en voyage relevait du délire ! Et cette histoire de linge sale…

Il éprouva une nouvelle sympathie envers Mallory pour avoir grandi auprès d'une mère cinglée, qui lui avait appris à être un robot plutôt qu'une femme chaleureuse…

Mais il avait également compris autre chose : Mallory était devenue une femme chaleureuse. Pour faire l'amour avec lui, elle avait laissé tomber la plupart des « routines » que sa mère lui avait inculquées : ils avaient mangé au lit, saccagé la chambre et — il était bien placé pour le savoir — elle n'avait pas consciencieusement ôté toute trace de maquillage ni brossé ses cheveux cent fois par jour ni lavé ses sous-vêtements chaque soir avant d'aller se coucher… D'accord, elle avait acheté tous ces vêtements sexy pour le séduire, mais elle avait également changé sur bien d'autres aspects !

Se pouvait-il que Mallory éprouve des sentiments pour lui ? Ou son comportement n'était-il qu'un acte de révolte envers sa folle de mère, et lui-même un simple moyen de perdre ses inhibitions ? Cette question le taraudait, et il décida d'en discuter avec elle dès que possible…

Il lui restait du temps avant son rendez-vous chez Maybelle. Beaucoup trop de temps, même ! Il erra un moment sans but dans les rues récemment déblayées. Puis son regard croisa l'enseigne de Bloomingdale's, et il se souvint de la robe qu'il avait aperçue depuis l'escalier roulant, le fameux jour où Mallory l'avait accompagné pour acheter des chaussettes. Le fameux jour où il avait eu cette soudaine envie de l'embrasser. Le fameux jour où sa vie avait basculé.

Carter pressa le pas.

A 18 heures, une lourde obscurité enveloppait les rues de Manhattan. La neige qui tombait en flocons épais atténuait la lumière des réverbères et voilait les fenêtres brillamment éclairées des maisons. Mallory posait la main sur le heurtoir de Maybelle lorsqu'elle entendit des pas derrière elle. Se retournant, elle vit Carter qui s'arrêta net en la reconnaissant.

Sans échanger un seul mot, ils pivotèrent l'un et l'autre sur leurs talons et détalèrent, chacun dans une direction opposée.

Kevin la rattrapa au coin de la rue tandis que Richard coinçait Carter à 500 mètres de là.

Mallory se laissa entraîner dans la maison. Carter, les pieds enfoncés dans le sol, lançait des regards furieux et semblait tout disposé à cogner sur Richard comme sur Kevin. Leurs ravisseurs les déposèrent sur deux sièges installés devant le bureau — un nouveau meuble d'une sobre élégance classique — puis vinrent se placer de chaque côté de Maybelle, pieds écartés et mains dans le dos, comme des gardes du corps.

Carter fut le premier à rompre le silence.

— Que fichez-vous ici, Kevin ?

Kevin relâcha brutalement la pose, affichant une expression navrée.

— Je suis ici parce que j'ai l'impression que tout est ma faute, répondit-il lugubrement. C'est moi qui ai commencé, en donnant à Mallory la carte de Maybelle, au lieu de me contenter de jouer les Père Noël…

— Mais non, Kevvie ! Tu me cherchais des clients, voilà tout ! répliqua Maybelle. C'est moi qui ai commencé en l'incitant à s'habiller sexy et tout ça, au lieu de lui expliquer qu'elle devait faire ressortir ce qu'elle avait en dedans. Quand j'ai fait livrer ce petit sapin à l'hôtel, je…

— C'est *vous* qui avez envoyé l'arbre de Noël ? s'exclamèrent Mallory et Carter en chœur.

— En fait, tout est ma faute ! avoua Mallory.

Elle poussa un profond soupir et se tordit les mains.

— C'est moi qui ai commencé, poursuivit-elle, en décidant de séduire Carter, pour l'amener à me voir comme une femme, parce que…

— Je suis responsable de tout ! la coupa brutalement Carter.

Tous les visages se tournèrent vers lui.

— C'est moi qui ai demandé à Bill de te mettre sur le dossier.

— Pourquoi donc ? hoqueta Mallory après le silence pesant qui suivit cette déclaration.

Alors Carter plongea dans les siens ses yeux au bleu si intense, noyés d'une indicible douleur.

— D'une part, parce que j'avais confiance en toi. Et d'autre part, eh bien, parce que je voulais te montrer que j'avais enfin mûri. Je voulais te prouver que j'étais devenu un bon avocat. Non ! Que j'étais devenu un *excellent* avocat. Un homme que tu pourrais enfin respecter…

— Mais je t'ai toujours respecté ! A l'époque, je te respectais déjà, parce que tu n'as jamais laissé tomber ! s'exclama Mallory.

— Bien ! déclara Maybelle. Mallory, vous étiez sur le point de dire pourquoi vous vouliez que Carter vous voie comme une femme. Alors, allez-y, dites-le !

Le moment de vérité était arrivé. Mallory prit une profonde inspiration et se jeta à l'eau.

— Je crois que je le désirais déjà en fac de droit !

— Tu as rudement bien réussi à le cacher, à l'époque ! murmura Carter.

— Je sais ! murmura Mallory d'une voix à peine audible. Mais j'avais si peur que tu me repousses. Toutes les filles que je connaissais voulaient sortir avec toi. Alors, pourquoi m'aurais-tu choisie, *moi* ?

L'expression de Carter s'adoucit, ce qui l'encouragea.

— En fait, reprit-elle, en arrivant à New York, j'ai simplement décidé de cesser de te le cacher, voilà tout !

Maybelle, ignorant la tension extrême qui planait dans la pièce, enchaîna en se tournant vers Carter.

— Et vous, pourquoi vous souciez-vous autant de ce que Mallory pensait de vous, hein ?

—Je suppose que l'idée qu'elle me considérait comme un abruti incapable de réussir ses études sans son aide m'a toujours vexé, marmonna-t-il, les yeux fixés sur ses pieds.

— Mais pourquoi cela vous vexait-il à ce point ? insista sévèrement Maybelle. Bon sang, Carter ! Il faut vraiment vous botter les fesses pour que vous le disiez, hein ?

— Parce que…, répondit-il non sans un certain désespoir.

— Allez, mon vieux, allez ! gronda l'intraitable Maybelle tandis que Kevin quittait discrètement le bureau.

— Parce qu'elle me plaisait terriblement !

— Vraiment ? s'écria Mallory, bouleversée par un afflux de sentiments confus.

Le regard brillant, elle dévisagea Carter qui, sur la défensive, se tortillait sur son siège.

— Oui, vraiment, lâcha-t-il enfin.

— Si j'avais su ! riposta Mallory, la voix tremblante. Alors que j'étais la seule fille que tu ne draguais pas ! Même quand nous avons passé toute la nuit chez toi, seuls…

— Je reviens, murmura Maybelle, mais aucun des deux ne prêta attention à son départ.

— Pourtant, Dieu sait que j'ai eu envie de t'embrasser, cette nuit-là ! avoua Carter, esquissant un sourire. Mais je craignais que tu me repousses, je voulais tant être un type bien à tes yeux !

Mallory se leva, incapable de rester en place. Ce qu'elle avait à dire était bien trop important ! Carter se leva à son tour, avec une nervosité désarmante.

— Carter, dit-elle doucement. Si tu m'avais embrassée au cours de cette fameuse nuit, j'aurais tout de suite fait l'amour avec toi, sur le bureau, sur le dossier « Roe contre Wade ».

— C'est vrai ? demanda-t-il, stupéfait.

Mallory poussa un léger soupir.

— Non, pas tout de suite, en fait ! J'aurais sans aucun doute d'abord rangé le dossier « Roe contre Wade » dans le classeur intitulé « Roe contre Wade »…

Ils se regardèrent en silence, durant un long, très long moment, soudain conscients qu'ils étaient seuls dans la pièce.

Puis Carter s'approcha d'elle, la prit dans ses bras et la serra fort, très fort contre lui, enfouissant son visage dans la chevelure blond argent qu'il aimait tant.

— Oh, Mallory, chuchota-t-il. Crois-tu que nous pouvons tout reprendre de zéro ?

Mallory se blottit dans ses bras, le cœur battant.

— Pas question ! déclara-t-elle en cherchant ses lèvres. La procédure a été trop rude la première fois. Maintenant que chacun de nous a plaidé, l'instruction est close !

Elle trouva enfin sa bouche. Ou lui trouva la sienne. Qu'importe, après tout ? Ils s'étaient trouvés l'un l'autre.

— Parlons un peu de négociation ! annonça Carter à Phoebe lorsqu'ils entrèrent dans son bureau le lundi matin.

— Mais nous allons au tribunal !

— Phoebe, j'ai étudié beaucoup d'affaires de ce style, et un procès est une entreprise risquée, je vous assure, objecta Mallory. Même lorsque le jugement est favorable aux plaignants, ils n'obtiennent généralement pas assez à leur goût !

— Un compromis serait dans l'intérêt de vos clients ainsi que dans le vôtre, ajouta Carter. C'est d'ailleurs l'opinion du juge qui a étudié le compte rendu des témoignages pour fixer la date du procès. Vous l'avez entendu comme nous !

Phoebe pinça les lèvres.

— Vous ne comprenez pas ! Je *dois* faire ce procès. Je dois le gagner. Je dois prouver…

Son regard se posa sur l'immense portrait de son père accroché au mur, derrière Mallory et Carter.

— Vous n'avez rien à prouver à votre père, Phoebe ! déclara calmement Mallory.

— Comment pouvez-vous savoir quoi que ce soit de mon père et de ce que je dois ou ne dois pas faire ? répliqua sèchement Phoebe.

— Parce que j'ai une mère qui s'appelle Ellen Trent. Vous avez entendu parler d'elle ?

— Tout le monde connaît Ellen Trent ! C'est votre mère ?

— Oui, acquiesça Mallory.

— Si vous acceptiez un compromis dans une affaire qu'elle voulait vous voir mener au tribunal…, continua Phoebe.

— … elle me renierait, sans doute ! conclut Mallory pour elle.

— Et cela vous serait égal ?

— Non, mais je ferais quand même ce qui me semble le plus juste.

Mallory croisa superstitieusement les doigts dans son dos.

— En fait, dit Carter, vous n'avez même pas à travailler avec votre père. Rien ne vous y oblige !

Phoebe blêmit.

— Bien sûr que je n'y suis pas obligée ! Je travaille avec lui parce que...

— Parce qu'il vous a affirmé que vous ne trouveriez pas de travail ailleurs.

— Pas du tout !

— Peut-être pas en ces termes...

Le visage de Phoebe se décomposa.

— Vous avez sans doute raison, murmura-t-elle.

— Eh bien, il a tort ! affirma Carter. Vous êtes une bonne avocate. Une avocate géniale, même ! Regardez dans quoi vous nous avez entraînés !

— Vous le pensez vraiment ?

— Je vous le jure, Phoebe ! affirma-t-il en souriant largement. D'ailleurs je serais ravi de vous recommander aux responsables de mon cabinet pour un poste...

Mallory lui donna un discret mais violent coup de coude.

— ... dans notre filiale de San Francisco, précisa-t-il. J'ai entendu dire qu'ils recherchaient un collaborateur très expérimenté...

Mallory retint son souffle pendant ce qui lui parut une éternité. Enfin, une lueur de détermination apparut dans les yeux de Phoebe.

— D'accord, décida-t-elle. Que nous proposez-vous ?

Mallory soupira de soulagement. Carter tendit à Phoebe plusieurs feuilles agrafées ensemble dont l'élaboration lui avait pris toute la nuit.

— Voici un résumé. La proposition complète est à la frappe, vous aurez le document dans l'après-midi.

— Comme vous le voyez, poursuivit-il, nous doublons les sommes demandées en réparation des préjudices. La moitié pour les plaignants, l'autre pour vous.

Phoebe hocha la tête puis leva les yeux du mince dossier.

— Ce paragraphe sur une cassette de démonstration, c'est quoi, au juste ?

— Après avoir étudié les comptes rendus des entretiens, nous avons constaté que la majorité de vos clients avait des ambitions dans le domaine du show-business ou de la mode.

Phoebe acquiesça, attendant la suite.

— Sensuous propose donc à ceux que cela intéresserait, l'opportunité de faire réaliser une cassette de présentation, par des professionnels. L'agent de Kevin pourrait s'en servir pour lui obtenir des auditions, Mme McDonald pour présenter sa petite Désirée à des agences…

Phoebe feuilleta calmement le dossier.

— Très bien ! déclara-t-elle enfin avec un grand sourire. Je vais faire part de cette proposition à mes clients et voir ce qu'ils en pensent.

— Si on faisait notre réveillon de Noël à nous, ce soir ? proposa Carter sur le chemin de l'hôtel.

Ils étaient épuisés mais persuadés qu'ils avaient fait de leur mieux et que tout le monde avait gagné.

— Je n'ai pas la force de faire une grande fête ! répondit Mallory, confirmant ses propos d'un énorme bâillement. Mais un peu de champagne au pied de notre arbre de Noël serait chouette, oui ! C'est notre dernière nuit au Saint-Regis, après tout, puisque nous rentrons à Chicago demain…

Sa voix laissait transparaître un regret sincère.

— A mon arrivée, je commencerai par éplucher mon courrier…, reprit-elle.

— A ton arrivée, tu commenceras par passer la nuit chez moi ! la coupa fermement Carter.

— D'accord. Comme ça je pourrai prétendre ne pas avoir de courrier.

— Et on ne sèmera pas la pagaille dans ton appartement.

— Excellent argument !

— Ensuite, déjeuner de Noël chez mes parents, poursuivit Carter.

— Après, le réveillon chez les miens… Quand tu seras là-bas, essaye de ne pas semer tes affaires partout ! Et souviens-toi : pas de chaussures dans la maison, et après la douche, tu es censé essuyer par terre…

— Je serai sage comme une image, promit Carter. Tu ne crois pas que ta mère sera flattée que j'aie lu son livre ?

— A condition que tu ne lui dises pas ce que tu en as pensé !

— Jamais je ne ferai une chose pareille, voyons ! Tu penses que je vais rencontrer Malcom, ton frère virtuel ?

Tous les deux avaient passé la journée précédente à se raconter leurs souvenirs d'enfance, les bizarreries de leur famille, bref, à réellement faire connaissance.

En arrivant enfin à l'hôtel, Mallory annonça qu'elle allait se changer pour une tenue plus confortable.

— Je t'attends dans le lit, d'accord ? suggéra Carter.

— On avait juste parlé de champagne au pied du sapin, tu te souviens ?

Elle revint peu après dans le salon, revêtue de son ensemble de soie rose pivoine, apportant le paquet-cadeau contenant la chemise rayée. Puis elle se figea en voyant Carter assis dans le canapé, une boîte enrubannée sur les genoux.

— Quand m'as-tu acheté un cadeau ? demanda-t-elle.

— Samedi.

— C'est impossible ! Nous sommes rentrés ici directement après avoir…

— Je l'ai acheté avant d'aller chez Maybelle ! dit-il en la prenant dans ses bras.

— Et moi, le premier jour, chez Bloomingdale's ! répliqua-t-elle en songeant qu'elle marquait un point sur lui.

Il lui sourit.

— Je n'ai jamais dit que tu n'étais pas plus futée que moi ! Allez, on les ouvre maintenant, d'accord ?

— Bien sûr !

Carter déchira le papier et en extirpa la chemise.

— Elle est magnifique, dit-il, totalement ravi.

Mallory ne parvenait pas à détacher son attention de son propre cadeau : une robe couleur champagne, somptueuse, exquise. Et parfaitement assortie à ses cheveux…

— Oh, Carter, elle est si belle ! murmura-t-elle, extasiée.

— Comme toi ! déclara-t-il en l'enlaçant. Tu étais superbe dans ces immenses pulls que tu portais en fac de droit, et qui t'arrivaient aux genoux, tu sais ?

— Oh non, ce n'est pas vrai, tu mens !

— Je n'ai pas dit que tu étais *sexy*…

Il esquiva en riant le coup de poing dont elle le menaçait. Puis elle plongea ses yeux dans les siens et lui demanda gravement :

— Je te plaisais quand même ?

— Je t'*aimais* quand même ! chuchota-t-il dans son cou.

Et il l'embrassa avec passion, la laissant le souffle coupé.

Puis elle le repoussa légèrement pour le dévisager avec sérieux.

— Nous devrions appeler Maybelle et lui raconter ce qui s'est passé aujourd'hui, tu ne crois pas ? Si tu as l'intention de m'embrasser de nouveau comme ça, il vaudrait mieux l'appeler tout de suite, sinon je ne réponds plus de rien !

— Vas-y, moi, je sers le champagne !

Mallory composa le numéro, et, après trois sonneries, tomba sur un répondeur. « Vous êtes sur la messagerie des Evénements signés Ewing, conception de fêtes qui en jettent. Vous pouvez joindre Mme Ewing aux heures de bureau, c'est-à-dire… »

Abasourdie, elle reposa le combiné sur son socle.

— Organisation d'événements, murmura-t-elle, l'air absent.

— Oh ! Mallory, gémit Carter en lui tendant une coupe dans laquelle dansaient des bulles dorées. Tu veux vraiment un mariage organisé par une agence d'événements ? Je croyais que tu appelais Maybelle…

— A cause de nous, elle a dû changer de travail, répliqua Mallory. C'est la femme la plus forte que j'aie rencontrée et nous avons réussi à briser sa carrière !

— Mais de quoi parles-tu ? dit-il en la regardant avec tendresse.

Mallory se rendit alors compte que Carter avait prononcé le mot « mariage ». Elle posa sa coupe, jeta ses bras autour de son cou et chuchota :

— Ne t'inquiète pas, mon amour ! Je t'expliquerai tout cela demain matin…

Le nouveau visage de la collection Or

AMOURS D'AUJOURD'HUI

Afin de mieux exprimer sa modernité et de vous séduire encore davantage, votre collection Or a changé de couverture et de nom depuis le 1er mars 1995.

Rassurez-vous, les romans, eux, ne changent pas, et vous pourrez retrouver dans la collection **Amours d'Aujourd'hui** tous vos auteurs préférés.

Comme chaque mois, en effet, vous y attendent des héros d'aujourd'hui, aux prises avec des passions fortes et des situations difficiles...

**COLLECTION
AMOURS D'AUJOURD'HUI :**
Quand l'amour guérit des blessures de la vie...

Chère lectrice,

Vous nous êtes fidèle depuis longtemps?
Vous venez de faire notre connaissance?

C'est pour votre plaisir que nous avons
imaginé un rendez-vous chaque mois
avec vos auteurs préférés, vos
AUTEURS VEDETTE dans les
collections Azur et Horizon.

Les **AUTEURS VEDETTE** vous
donneront rendez-vous pour de
nouveaux livres vedette.

Pour les reconnaître, cherchez
l'étoile... Elle vous guidera!

Éditions Harlequin

HARLEQUIN

LE FORUM DES LECTEURS ET LECTRICES

CHERS(ES) LECTEURS ET LECTRICES,

VOUS NOUS ETES FIDÈLES DEPUIS LONGTEMPS?

VOUS VENEZ DE FAIRE NOTRE CONNAISSANCE?

SI VOUS AVEZ DES COMMENTAIRES, DES CRITIQUES À
FORMULER, DES SUGGESTIONS À OFFRIR, N'HÉSITEZ
PAS... ÉCRIVEZ-NOUS À:

> LES ENTERPRISES HARLEQUIN LTÉE.
> 498 RUE ODILE
> FABREVILLE, LAVAL, QUÉBEC.
> H7R 5X1

C'EST AVEC VOS PRÉCIEUX COMMENTAIRES QUE NOUS
ALLONS POUVOIR MIEUX VOUS SERVIR.

DE PLUS, SI VOUS DÉSIREZ RECEVOIR UNE OU
PLUSIEURS DE VOS SÉRIES HARLEQUIN PRÉFÉRÉE(S)
À VOTRE DOMICILE, NE TARDEZ PAS À CONTACTER LE
SERVICE D'ABONNEMENT; EN APPELANT AU
(514) 875-4444 (RÉGION DE MONTRÉAL) OU 1-800-667-4444
(EXTÉRIEUR DE MONTRÉAL) OU TÉLÉCOPIEUR
(514) 523-4444 OU COURRIER ELECTRONIQUE:
AQCOURRIER@ABONNEMENT.QC.CA OU EN ÉCRIVANT À:

> ABONNEMENT QUÉBEC
> 525 RUE LOUIS-PASTEUR
> BOUCHERVILLE, QUÉBEC
> J4B 8E7

MERCI, À L'AVANCE, DE VOTRE COOPÉRATION.

BONNE LECTURE.

HARLEQUIN.

VOTRE PASSEPORT POUR LE MONDE DE L'AMOUR.

COLLECTION HORIZON

Des histoires d'amour romantiques qui vous mènent au bout du monde!

Découvrez la passion et les vives émotions qu'apportent à la Collection Horizon des auteurs de renommée internationale!

Captivantes, voire irrésistibles, ces histoires d'amour vous iront assurément droit au coeur.

Surveillez nos trois nouveaux titres chaque mois!

GEN-H-R

69 **L'ASTROLOGIE EN DIRECT**
TOUT AU LONG
DE L'ANNÉE.

(France métropolitaine uniquement)
Par téléphone 08.92.68.41.01
0,34 € la minute (Serveur SCESI).

Composé et édité par les
*éditions*Harlequin
Achevé d'imprimer en décembre 2004

BUSSIÈRE
GROUPE CPI

à Saint-Amand-Montrond (Cher)
Dépôt légal : janvier 2005
N° d'imprimeur : 45388 — N° d'éditeur : 11031

Imprimé en France